Lucy y el mar

Elizabeth Strout

Lucy y el mar

Traducción del inglés de Flora Casas

Papel certificado por el Forest Stewardship Council®

MIXTO
Papel procedente de
fuentes responsables
FSC® C117695

Penguin
Random House
Grupo Editorial

Título original: *Lucy by the Sea*
Primera edición en castellano: marzo de 2023

© 2022, Elizabeth Strout
Esta traducción ha sido publicada gracias al acuerdo con Random House,
un sello y división de Penguin Random House LLC
© 2023, Penguin Random House Grupo Editorial, S.A.U.
Travessera de Gràcia, 47-49. 08021 Barcelona
© 2023, Flora Casas, por la traducción

© Diseño: Penguin Random House Grupo Editorial, inspirado en un diseño original de Enric Satué

Printed in Spain – Impreso en España

ISBN: 978-84-204-6605-7
Depósito legal: B-925-2023

Compuesto en MT Color & Diseño, S. L.
Impreso en EGEDSA, Sabadell (Barcelona)

A L 6 6 0 5 7

Para mi marido, Jim Tierney,
y mi yerno, Will Flynt,
con admiración y cariño.

Libro primero

Uno

1

Yo no lo vi venir, como tantos otros.

Pero William es científico, y él sí lo vio venir; lo vio antes que yo, quiero decir.

William es mi primer marido; estuvimos casados veinte años y llevamos divorciados casi el mismo tiempo. Mantenemos una relación cordial, y voy a verlo de vez en cuando. Vivimos los dos en Nueva York, adonde vinimos cuando nos casamos, pero, como mi (segundo) marido ha muerto y su (tercera) esposa lo ha dejado, lo he visto con más frecuencia este último año.

Más o menos cuando lo dejó su tercera esposa, William descubrió que tenía una hermanastra en Maine: lo averiguó en una web de genealogía. Siempre había creído que era hijo único, así que se llevó una sorpresa mayúscula y me pidió que lo acompañara un par de días a Maine para buscarla. Eso hicimos, pero la mujer, que se llama Lois Bubar, en fin, yo la conocí, pero ella no quiso conocer a William, que se sintió fatal. Además, en ese viaje a Maine descubrimos cosas sobre la madre de William que lo dejaron realmente desolado. A mí también me dejaron desolada.

Resulta que su madre había vivido en medio de una increíble pobreza, en unas circunstancias incluso peores que en las que me había criado yo.

El caso es que dos meses después de nuestro pequeño viaje a Maine, William me pidió que lo acompañara a Gran Caimán, que es adonde habíamos ido con su madre, Catherine, hacía muchísimos años, y adonde íbamos con nuestras hijas cuando eran pequeñas, y también con ella. El día que vino a mi casa a pedirme que lo acompañara a Gran Caimán, William se había afeitado el enorme bigote y se había dejado muy corto el abundante pelo blanco, y hasta más adelante no caí en la cuenta de que debía de ser la consecuencia de que Lois Bubar no quisiera verlo y, por añadidura, de todo lo que había averiguado sobre su madre. Por entonces tenía setenta y un años, pero creo que debía de haberse sumido en una especie de crisis de los cuarenta, o una crisis de madurez, por la pérdida de su esposa, mucho más joven, que se había marchado y se había llevado a la hija de ambos, de diez años, y encima que su hermanastra no quisiera verlo y descubrir que su madre no había sido quien él creía que era.

Así que eso hice, ir con él a Gran Caimán tres días, a principios de octubre.

Y fue raro, pero agradable. Teníamos habitaciones individuales y nos tratábamos con cariño y la consiguiente cortesía. William parecía más reservado que de costumbre, y me extrañaba verlo sin bigote, pero a veces echaba la cabeza para atrás y se reía de verdad. Había una afabilidad real entre nosotros; resultaba un poco extraño, pero agradable.

Pero, cuando volvimos a Nueva York, lo eché de menos. Y eché de menos a David, mi segundo marido, que había muerto.
Los echaba de menos a los dos, de verdad, sobre todo a David. ¡Qué silencio había en mi casa!

Soy novelista, y ese otoño iban a publicar un libro mío, así que, después del viaje a Gran Caimán, tenía que viajar por todo el país. Lo hice, a finales de octubre. También tenía previsto ir a Italia y Alemania a principios de marzo, pero a primeros de diciembre —fue un tanto raro— ya decidí que no iría a esos países. Nunca cancelo una gira promocional, y a los editores no les hizo ninguna gracia, pero no iba a ir. Ya casi en marzo alguien me dijo: «Menos mal que no vas a Italia, tienen el virus ese». Y fue entonces cuando caí en la cuenta. Creo que fue la primera vez. No se me ocurrió que el virus pudiera llegar a Nueva York.

Pero a William sí.

2

Resulta que la primera semana de marzo William había llamado a nuestras hijas, Chrissy y Becka, para pedirles —para rogarles— que se marcharan de Nueva York; las dos vivían en Brooklyn. «Y no se lo digáis todavía a vuestra madre, pero, por favor, marchaos. Ya me ocupo yo de ella». Así que no me lo contaron. Y es curioso, porque me siento muy unida a nuestras hijas, yo diría que más que William, pero le hicieron caso. El marido de Chrissy, Michael, que se dedica a las finanzas, se lo tomó realmente en serio, y Chrissy y él lo prepararon todo para irse a Connecticut, a la casa de sus padres (como estaban en Florida, Chrissy y Michael podían quedarse allí), pero Becka se negó, asegurando que su marido no quería salir de la ciudad. Las dos insistieron en que querían que yo supiera lo que estaba pasando, pero su padre les dijo: «Yo me ocupo de vuestra madre, os lo prometo, pero marchaos de Nueva York ya».

Una semana después, William me llamó y me lo contó. No me asusté, pero sí me quedé un poco confusa. «O sea ¿que se van de verdad?», pregunté, refiriéndome a Chrissy y Michael, y William me contestó que sí. «Dentro de poco todo el mundo trabajará desde casa», dijo, y yo seguía sin entenderlo bien. Añadió: «Michael es asmático, así que debe tener especial cuidado». «Pero no tiene un asma terrible», repliqué, y William dijo, pasados unos segundos: «Sí, vale, Lucy».

Después me contó que su viejo amigo Jerry tenía el virus y le habían puesto un respirador. La esposa de Jerry también había cogido el virus, pero estaba en casa. «¡Ay, Pill, cuánto lo siento!», exclamé, pero seguía sin entenderlo, sin entender la importancia de lo que estaba ocurriendo.

Es curioso cómo la mente no asimila algo hasta que puede hacerlo.

Al día siguiente William me llamó para decirme que Jerry había muerto.

—Lucy, déjame sacarte de esta ciudad. No eres joven, y además estás muy flaca y no haces ejercicio. Estás corriendo un riesgo. Así que deja que te recoja y nos vamos. —Añadió—: Solo unas semanas.

—Pero ¿y el funeral de Jerry? —pregunté.

—No va a haber funeral, Lucy. Estamos metidos en... Es un lío tremendo.

—Nos vamos de la ciudad, ¿adónde?

—Nos vamos de la ciudad.

Le expliqué que tenía varias citas, que había quedado en ver a mi gestor y se suponía que iba a arreglarme el pelo. William dijo que llamara a mi gestor y adelantara la cita, que anulara lo de la peluquería y me preparase para marcharme con él en dos días.

No podía creerme que Jerry hubiera muerto. Lo digo sinceramente, no podía creérmelo. No veía a Jerry desde hacía muchos años, y quizá por eso me resultara difícil, pero que hubiera muerto... No me cabía en la cabeza. Fue una de las primeras personas que murió por el virus en Nueva York. Entonces yo no lo sabía.

Pero adelanté la cita con mi gestor, y también la de la peluquería, y cuando llegué al despacho del gestor subí en el pequeño ascensor, que siempre se para en todos los pisos. Él está en la decimoquinta planta, y la gente se apretuja dentro con los vasos de cartón y se queda mirándose los zapatos hasta que salen, una planta tras otra. Mi gestor es un hombre alto y corpulento, exactamente de mi edad, y siempre nos hemos querido. Puede parecer un poco raro, porque no nos tratamos mucho, pero en cierto sentido es una de las personas que más aprecio, por haber sido tan sumamente amable conmigo durante todos estos años. Cuando entré en su despacho, dijo: «Distancia de seguridad», haciéndome un gesto con la mano, y comprendí que no íbamos a darnos un abrazo como de costumbre. Hizo unas cuantas bromas sobre el virus, pero me di cuenta de que el tema le ponía nervioso. Cuando acabamos la conversación me dijo:

—¿Por qué no bajas en el montacargas? Yo te enseño dónde está. Así irás tú sola.

Me sorprendió y le contesté que no hacía falta. Esperó un momento.

—Como quieras. Adiós, Lucy B —se despidió, lanzándome un beso al aire, y bajé hasta la calle en el ascensor normal.

—Nos vemos a finales de año —le dije. Recuerdo haberle dicho eso. Y después cogí el metro hasta el centro para ir a arreglarme el pelo.

Nunca me ha caído bien la mujer que me da el tinte. Me encantaba la primera que me tiñó durante años, pero se mudó a California, y la que ocupó su puesto, esa nunca me ha caído bien. Y aquel día tampoco me hizo ninguna gracia. Era joven y tenía un niño pequeño y un novio nuevo, y ese día comprendí que no le gustaba su hijo, que era fría, y pensé: no voy a volver contigo nunca. Recuerdo haber pensado eso.

Cuando llegué al edificio de mi casa, me encontré en el ascensor con un hombre que dijo que acababa de ir al gimnasio de la segunda planta y que estaba cerrado. Parecía sorprendido. «Es por el virus», aclaró.

William me llamó esa noche.

—Lucy, paso a buscarte mañana por la mañana y nos vamos.

Fue algo raro, o sea, no estaba preocupada, pero sí un tanto sorprendida por su insistencia.

—Pero ¿adónde vamos? —pregunté.

—A la costa de Maine.

—¿A Maine? ¿En serio? ¿Vamos a volver a Maine?

—Ya te lo explicaré. Pero, por favor, prepara tus cosas.

Llamé a las chicas para contarles lo que proponía su padre, y las dos dijeron: «Mamá, son solo unas semanas». Aunque Becka no se iba a ninguna parte. Su marido —se llama Trey y es poeta— quería quedarse en Brooklyn, y ella iba a quedarse con él.

3

William apareció al día siguiente, más como era años antes, con el pelo más largo y el bigote más crecido —se lo había afeitado hacía cinco meses—, pero ni mucho menos como había sido antaño, y me resultó un poco raro. Me fijé en que tenía una calva en la parte posterior de la cabeza y se le veía el cuero cabelludo rosa. Y todo en él parecía un poco extraño. Se quedó allí plantado, en mi apartamento, con expresión de ansiedad, como si yo no me desenvolviera con suficiente rapidez. Después se sentó en el sofá y dijo:

—Por favor, Lucy, ¿podemos irnos ya?

Así que metí un poco de ropa en mi maletita de color violeta y dejé sin fregar los platos del desayuno. La mujer que me ayuda con la limpieza de la casa, Marie, iba a venir al día siguiente, y no me gusta dejarle platos sucios, pero William quería ponerse en marcha inmediatamente.

—Llévate el pasaporte —ordenó. Me di la vuelta y lo miré.

—¿Para qué me voy a llevar el pasaporte, si se puede saber? —pregunté.

William se encogió de hombros.

—A lo mejor vamos a Canadá.

Fui a buscar mi pasaporte; cogí el portátil y volví a dejarlo. William dijo:

—Lucy, llévate el ordenador.

Pero yo me opuse.

—No, no voy a necesitarlo. Para un par de semanas es suficiente el iPad.

—Creo que deberías llevarte el ordenador —insistió William. Pero no lo cogí.

William lo recogió y se lo llevó.

Bajamos en el ascensor, y yo arrastré la maletita con ruedas hasta su coche. Me había puesto el abrigo de entretiempo que había comprado hacía poco. Era azul oscuro y negro, y las chicas me convencieron para que lo comprara la última vez que estuvimos en Bloomingdale's, unas semanas antes.

4

Esto es lo que no sabía aquella mañana de marzo: no sabía que no volvería a ver mi casa. No sabía que una amiga mía y un miembro de mi familia morirían por el virus. No sabía que la relación con mis hijas cambiaría de una manera que jamás habría podido prever. No sabía que mi vida entera se convertiría en algo nuevo.

Estas son las cosas que no sabía aquella mañana de marzo mientras me dirigía al coche de William con la maletita de ruedas de color violeta.

5

Cuando arrancamos miré los narcisos que había al lado de mi edificio y luego los árboles floreciendo cerca de Gracie Mansion. El sol derramaba un suave calor, la gente andaba por las aceras, y pensé: ¡qué bonito es el mundo, qué bonita ciudad! Entramos en la autovía FDR, con muchísimo tráfico como siempre, y a la izquierda había un grupo de hombres jugando al baloncesto en una cancha rodeada por una valla metálica.

Una vez en la autopista de Cross Bronx, William me contó que había alquilado una casa en un pueblo llamado Crosby —en la costa—, y que se la había encontrado Bob Burgess, exmarido de Pam Carlson, que vivía allí. Pam Carlson es una mujer con la que William estuvo liado a temporadas durante años, no importa cuántos. O sea, ya no importa. Pero Pam sigue llevándose bien con William. Y también con su exmarido, Bob. Por lo visto, Bob era abogado en ese pueblo, y la propietaria de la casa la había sacado al mercado hacía poco: su marido había muerto, ella se había ido a un piso tutelado y le había pedido a Bob que se encargase de la casa. Bob dijo que podíamos alojarnos allí; el alquiler no era ni la cuarta parte del precio de mi piso de Nueva York, y, además, William tiene dinero.

—¿Por cuánto tiempo? —volví a preguntar.

William titubeó.

—A lo mejor solo unas semanas.

Pensándolo ahora, lo extraño es que yo sencillamente no supiera qué estaba ocurriendo.

Llevaba unos meses un tanto desanimada, porque mi marido había muerto un año antes; además, muchas veces me siento decaída al final de una gira promocional, y esta situación empeoró al no tener ya a David para llamarme desde casa. Esa era la parte más dura para mí: no tener a David para hablar con él todos los días.

Hace poco, una escritora a la que conozco —se llama Elsie Waters, y su marido murió justo antes que David, mi marido, así que nos sentíamos especialmente unidas por eso— me invitó a cenar y le dije que estaba demasiado cansada. «¡No pasa nada —contestó—, en cuanto descanses nos vemos!».

Eso es algo que también recordaré siempre.

En un momento dado, William paró a echar gasolina y al mirar al asiento de atrás vi algo que parecían mascarillas quirúrgicas en una bolsa de plástico transparente, y también una caja de guantes de plástico.

—¿Qué es eso? —pregunté.

—No te preocupes —contestó William.

—Pero ¿qué es? —insistí.

Y William repitió:

—No te preocupes, Lucy.

Pero se puso un guante de plástico para sujetar la manguera de la gasolina, me fijé en eso. Pensé que estaba exagerando y puse los ojos en blanco, pero no le dije nada.

Así que William y yo fuimos a Maine aquel día, un trayecto largo y soleado, y no recuerdo que habláramos mucho. Pero William estaba disgustado porque Becka se quedaba en Nueva York, en Brooklyn. Dijo: «Le dije que yo les pagaría una casa en Montauk, pero no quieren. —Y añadió—: Ya verás como dentro de poco Becka trabajará desde casa».

Becka es asistente social, y yo dije que no veía cómo iba a poder trabajar desde casa, pero William simplemente movió la cabeza. Trey, el marido de Becka, da clases de poesía —es profesor adjunto— en la Universidad de Nueva York, y yo tampoco veía claro cómo iba a trabajar desde casa, pero me callé. En cierto modo no parecía real, quiero decir que, curiosamente, no me preocupaba.

6

Cuando al fin salimos de la autopista para dirigirnos al pueblo de Crosby, el cielo se nubló de repente. Me quité las gafas de sol y todo parecía terriblemente marrón y lóbrego, y sin embargo despertaba cierto interés. Había muchos tonos diferentes de marrón en los pastos por los que pasábamos, y un sosiego que lo envolvía todo. Entramos en el pueblo, con una iglesia grande y blanca en lo alto de una pequeña colina, aceras de ladrillo y casas de listones blancos, y también algunas casas de ladrillo. El pueblo era bonito de cierta manera, si te gustan esas cosas.

A mí no.

Nos detuvimos en casa de Bob Burgess, un edificio de ladrillo en el centro del pueblo. Los árboles que lo rodeaban eran grises y con muchas ramas, sin hojas, y el cielo también era grisáceo. Bob salió y se quedó en la entrada, a cierta distancia del coche. Era un hombre corpulento, de pelo canoso, y llevaba camisa vaquera y vaqueros caídos. Se inclinó para vernos —William tenía la ventanilla abierta— y dijo que las llaves estaban en el porche delantero de la casa. Nos explicó cómo llegar, y añadió: «Tenéis que poneros en cuarentena dos semanas, ¿vale?». Y William le aseguró que sí, que lo haríamos. Bob dijo que había dejado en la casa suficiente comida para que nos durase todo ese tiempo. Me pareció tremendamente simpático e intenté verlo, pero William se interponía, y yo no acababa de entender por qué no salía del coche, por qué no se daban la mano, así que, cuando nos alejábamos de allí, William me lo explicó: «Le damos miedo. Acabamos de llegar de Nueva York. Para él somos tóxicos, y es posible que lo seamos».

Continuamos por una carretera estrecha y larga, muy larga. Había unos cuantos árboles de hoja perenne, pero todos los demás estaban desnudos, y de repente, al mirar por la ventanilla del coche, lo que vi me dejó pasmada. El mar estaba a los dos lados de la carretera, pero yo nunca había visto un mar como aquel. Incluso con el cielo cubierto me pareció increíblemente bonito. No había playa, solo rocas grises y marrón oscuro y árboles de ramas puntiagudas que parecían salir de las cornisas rocosas. El agua verde oscuro se rizaba por encima de las rocas, y las algas de color marrón dorado, casi cobrizo, se extendían ondulantes sobre las rocas salpicadas por el agua verdosa. El resto del mar era gris oscuro, y más lejos de la orilla se veían olas blancas pequeñísimas: una enorme extensión de agua y cielo. Tomamos una curva y justo después había

21

una caleta con muchos barcos langosteros, y daba la impresión de que había mucho aire, con los barcos posados en la caleta, todos orientados en la misma dirección y el mar abierto detrás... Francamente, pensé que era precioso. Pensé: ¡esto es el mar! Para mí era como un país extranjero, pero, a decir verdad, los sitios desconocidos siempre me asustan. Me gustan los sitios que me son familiares.

La casa en la que íbamos a alojarnos parecía grande desde fuera y estaba al final de un promontorio, en lo alto de un acantilado, sin ninguna otra casa alrededor. Era de madera, estaba sin pintar y maltratada por la intemperie. Un camino tremendamente empinado y pedregoso nos llevó hasta allí; el coche fue dando bandazos de un lado a otro. En cuanto me bajé, olí el aire, y comprendí que era el mar, el océano, pero no como en Montauk, en el extremo oriental de Long Island, adonde habíamos ido cuando las niñas eran pequeñas, ni como en Gran Caimán: era un olor penetrante a sal, y en realidad no me gustaba.

La casa debía de haber sido bonita, es decir, se notaba que había sido bonita en cierta época, con su enorme porche acristalado justo encima del agua, pero al entrar sentí lo que siempre siento en las casas ajenas: aversión. Detesto el olor de la vida de otras personas —ese olor se mezclaba con el del mar—; el porche acristalado en realidad era de plexiglás grueso, y el mobiliario un poco extraño, bueno, en el fondo no, simplemente eran objetos tradicionales: un sofá desvencijado rojo oscuro, sillas desparejadas y una mesa de comedor de madera con un montón de arañazos, y arriba había tres dormitorios con edredones de retazos en todas las camas. Esos edredones tenían algo que me deprimió de verdad. Y hacía un frío que pelaba. «¡Tengo mucho frío, William!», grité desde las escaleras, y, sin levantar la mirada, William fue hasta el termostato y al cabo de un momento oí el calor saliendo por los conductos del suelo a un lado de las habitaciones. «¡Ponlo más fuerte!», le pedí. La casa no era tan grande como parecía desde fuera con el enorme porche, y dentro estaba bastante oscuro, precisamente por el porche. Y, como estaba nublado, encendí casi todas las luces.

Todo estaba ligeramente húmedo. La cocina y el salón daban al mar, y allí quieta volví a pensar en lo increíble que era: el agua inmensa y oscura que se arremolinaba y golpeaba las rocas con olas blancas, algo digno de verse. Más allá distinguí dos islas, una pequeña y otra más grande, con unos cuantos árboles de hoja perenne y rocas alrededor.

Al ver aquellas dos islas sentí cierta ternura, y recordé que cuando vivía de pequeña en nuestra casa minúscula de Amgash, un pueblo de Illinois, entre sembrados de soja y maizales, solamente había un árbol, y que siempre consideré a ese árbol mi amigo. Y al mirar aquellas dos islas tuve casi la misma sensación que con el árbol de mi infancia.

—¿Qué habitación quieres? —me preguntó William mientras dejaba las cosas del coche en el suelo del salón.

Ninguno de los tres dormitorios era especialmente grande, y en el del fondo los árboles llegaban hasta la ventana, así que le dije que, menos esa habitación, cualquiera de las otras me daba igual. Lo observé desde el pie de las escaleras mientras subía mi maleta y una bolsa de lona con sus cosas.

—¡Te quedas con la claraboya! —gritó, y después lo oí entrar en otro dormitorio. Pasados unos minutos apareció en la escalera con su abrigo; me lo tiró y dijo—: Póntelo hasta que entres en calor.

Así lo hice, aunque no soporto estar en una casa con el abrigo puesto.

—Me asombra que hayas pensado en traerte el abrigo. ¿Cómo sabías que te iba a hacer falta?

Y me contestó, bajando la escalera:

—Porque estamos en Maine, que está al norte, y en marzo, y hace más frío que en Nueva York.

No lo dijo con mala intención, o eso pensé.

Así que nos instalamos.

—No podemos estar con nadie durante dos semanas —dijo William.

—¿Ni siquiera para dar un paseo? —pregunté.

—Podemos dar un paseo, pero sin acercarnos a nadie.

—Yo no voy a ver a nadie —repliqué, y William siguió mirando por la ventana.

—No, sospecho que no.

No estaba contenta. No me gustaban ni la casa ni el frío, y no sabía qué pensar de William. Me parecía alarmista, y no me gusta alarmarme. Comimos por primera vez en la pequeña mesa redonda del comedor, pasta con salsa de tomate. En la nevera había cuatro botellas de vino blanco, y me llevé una sorpresa al verlas.

—¿Nos las ha traído Bob?

—Son para ti —contestó William.

—¿Se lo dijiste tú? —pregunté.

William se encogió de hombros.

—Tal vez.

William casi nunca bebe.

—Gracias —dije, y me miró levantando las cejas. Tuve casi la misma sensación que en el viaje a Gran Caimán de unos meses atrás: que William me resultaba un tanto extraño, todavía sin el bigote de antes, tan grande, y que yo no acababa de acostumbrarme.

Pero podría pasar dos semanas con él, pensé.

Entré en la habitación de arriba en la que los árboles se apretaban contra la ventana y vi —antes no me había fijado— que había una gran estantería en la pared, enfrente de la ventana, con muchos libros, la mayoría novelas de la época victoriana, y también de historia, especialmente sobre la Segunda Guerra Mundial. Quité el edredón de la cama y lo puse encima del que había en la cama de mi habitación. Me quedé dormida y dormí toda la noche, lo que me sorprendió. Era jueves, eso lo recuerdo.

Dedicamos el fin de semana a dar paseos, juntos y por separado. Estaba muy nublado, sin color por ninguna parte, salvo el pedacito verde de césped cerca de la casa, en lo alto del acantilado. Me sentía intranquila, y tenía frío todo el rato. Es que no soporto el frío. Pasé una infancia de terribles privaciones, y cuando era joven siempre tenía frío; me quedaba en el colegio después de clase todos los días para entrar en calor. Incluso en esta casa me ponía dos jerséis míos y la chaqueta de punto de William encima.

7

En esa mañana de lunes William estaba leyendo algo en su ordenador y de repente preguntó:
—¿Conocías a una escritora que se llama Elsie Waters?
Me sorprendió.
—Sí —contesté, y William me pasó el ordenador. Fue así como me enteré de que esa mujer, Elsie Waters, con la que supuestamente tendría que haber quedado para cenar la noche en que le dije que estaba demasiado cansada, había muerto por el virus.
—¡Dios mío! ¡No!
Elsie sonreía radiante en el ordenador.
—Quita eso —dije, devolviéndole el ordenador a William.
Se me llenaron los ojos de lágrimas, pero no llegaron a caer. Fui a por mi abrigo, cogí el teléfono y salí. No, no,

no, pensaba una y otra vez, furiosa. Llamé a una amiga suya a la que conocía, y la amiga estaba llorando, pero yo no podía llorar.

La amiga me dijo que Elsie había muerto en casa, que había llamado a urgencias pero cuando llegaron ya no respiraba. Hablamos unos minutos más y comprendí que no podía consolar a esa amiga nuestra, ni ella consolarme a mí.

Anduve y anduve, como si fuera por un túnel; quería llorar, pero no pude.

Al final de la semana otras tres personas que yo conocía en Nueva York tenían el virus; varias más tenían síntomas, pero no podían hacerse la prueba porque los médicos no las admitían en sus consultas. Eso me asustó, ¡que los médicos no dejaran a la gente entrar en sus consultas!

Llamé a Marie, que me ayudaba con la limpieza, para decirle que dejara de ir a mi casa; no quería que se metiera en el metro. Dijo que había ido al día siguiente de que yo me marchara, pero que no volvería. Su marido era el portero de mi edificio, y Marie me explicó que iba en coche desde Brooklyn —para evitar el metro— y que me regaría la planta grande una vez a la semana. Es la única planta que tengo, desde hace veinte años —cuando me separé de William—, y estoy encariñada con ella. Le di mil gracias a Marie, por eso y por todo lo que había hecho. Es religiosa, y me dijo que rezaría por mí.

Ya había llamado a las chicas cuando llegamos, pero volví a llamarlas, y me pareció que Chrissy estaba bien, pero Becka parecía de mal humor —quejica, diría yo— y no quiso hablar mucho rato.

—Perdona —se disculpó—. Ahora mismo lo odio todo.

—Es comprensible —dije.

Había un televisor grande arrumbado en un rincón del salón, y Bob Burgess había mantenido la conexión. Muy rara vez veo la televisión —no teníamos cuando era pequeña y supongo que en parte esa es la razón, es decir, que nunca comprendí la relación con ella—, pero William la ponía por la noche y veíamos las noticias. No me importaba, pensaba que me (nos) conectaba con el mundo. Muchas noticias sobre el virus: cada día había más casos en otro estado, aunque yo seguía sin comprender lo que nos esperaba. Una noche, un portavoz de las autoridades sanitarias anunció que seguramente las cosas empeorarían antes de mejorar. Recuerdo haber oído eso. Y en Broadway ya habían cerrado los teatros (¡!). Eso también lo recuerdo.

Había un trasto que parecía un cajón de juguetes apoyado contra la pared del porche, y William y yo encontramos dentro un viejo parchís. Los bordes del tablero estaban tan rozados que se habían roto, pero William lo sacó. Y también encontramos un rompecabezas: parecía viejo, pero estaban todas las piezas —o eso creíamos, que estaban todas las piezas—, y era un retrato de Van Gogh.

—Detesto estos chismes —dije.

—Lucy, estamos confinados, así que deja de detestarlo todo.

Y lo colocó en una mesita rinconera, en el salón. Lo ayudé a buscar las esquinas y los bordes y después prácticamente lo abandoné. Nunca me han gustado los rompecabezas.

Jugamos al parchís unas cuantas veces, y yo no dejaba de pensar: a ver cuándo acaba esto. O sea, el juego.

O sea, todo.

8

Exactamente una semana después de llegar a Maine, llamé a un médico que tengo en Nueva York. Me da las píldoras para dormir y también las pastillas para los ataques de pánico, y lo llamé porque estaban a punto de acabárseme y no dormía bien desde que me había enterado de que Elsie Waters había muerto. El médico ya no estaba en la ciudad, se había ido a Connecticut, y ese día me aconsejó que lavara la ropa al volver del supermercado. «¿En serio?», pregunté, y me contestó: «Sí». Le expliqué que seguramente sería William quien iría a la compra cuando termináramos la cuarentena, y me dijo que, en ese caso, William tendría que lavarse la ropa cuando volviera a casa. No me lo podía creer. «¿En serio?», insistí, y el médico repitió que sí, que era igual que lavarse la ropa después de hacer ejercicio.

—Pero ¿cuánto tiempo crees que durará esto?

—Lo hemos pillado un poco tarde. Como un año, supongo.

Un año.

Esa fue la primera vez que sentí de verdad —de verdad— un profundo temor, y sin embargo la idea fue calando en mí muy lentamente, con una lentitud extraña, y, cuando le conté a William lo que había dicho el médico, se quedó callado y me di cuenta de que no le sorprendía.

—¿Tú ya lo sabías? —le pregunté.

—Lucy, ninguno de nosotros sabe nada.

Entonces empecé a comprender —lenta, muy lentamente me pareció— que no volvería a ver Nueva York durante muchísimo tiempo.

—Y deberías lavarte la ropa cuando vuelvas de la compra —dije.

William asintió con la cabeza, nada más.

Me sentía terriblemente triste, como una niña, y pensé en Heidi, la protagonista del libro infantil que había leído en mi juventud, cuando se la llevan a otro sitio y se pone tan triste que se vuelve sonámbula. Esa imagen de Heidi no dejaba de rondarme por la cabeza, no sé por qué. Yo no podría volver a casa, y ese pensamiento no dejaba de machacarme.

Y entonces:
En la televisión, William y yo veíamos cómo en Nueva York estallaba de repente una situación tan espantosa que yo me sentía casi incapaz de asimilar. Todas las noches contemplábamos un Nueva York de escenas terroríficas, una imagen tras otra de personas trasladadas a urgencias, con respiradores, sanitarios sin las mascarillas ni los guantes adecuados, y cada día morían más personas. Ambulancias a toda velocidad por las calles. ¡Las calles que yo conocía, donde yo vivía!

Lo veía, me lo creía, o sea, quiero decir que sabía que estaba ocurriendo, pero describir mi estado mental..., eso es complicado. Parecía como si mediara una distancia entre la televisión y yo. Y, por supuesto, la había, pero sentía como si mi mente hubiera retrocedido unos pasos y la viera desde una distancia real, a pesar de que sí sentía el horror. Incluso ahora, muchos meses después, guardo el recuerdo de una pálida imagen amarilla en la televisión: debían de ser las enfermeras con su atuendo, o quizá la gente envuelta en mantas camino de los hospitales, pero lo que retengo en mi memoria es ese extraño recuerdo amarillento de ver la televisión. Nos hicimos adictos (yo me hice adicta), o eso me parecía a mí, a ver las noticias en la televisión todas las noches.

Me preocupaban los sanitarios de las ambulancias, que cayeran todos enfermos, y también los que trabajaban en los hospitales. Pensé en un ciego al que a veces ayudaba a salir del autobús en la parada cerca de mi casa, y me preocupé por él. ¿Se atrevería a ir del brazo de cualquiera? ¡Y los conductores de los autobuses! ¡Entraban en contacto con tantas personas!

Y también me di cuenta de algo que yo hacía mientras veía la televisión en esa época. Y es que bajaba la mirada hacia el suelo, o sea no podía mirar la televisión todo el tiempo. Pensaba: es como si me estuvieran mintiendo, y no puedo mirar a alguien que me está mintiendo. No pensaba que las noticias me mintieran —como ya he dicho, comprendía que era todo verdad—; solo quiero decir que durante varios días —que pasaron a ser semanas— miraba al suelo con frecuencia mientras veíamos las noticias por la noche.

Es curioso cómo sobrellevamos las cosas.

Llamábamos a Becka todos los días en aquella época. Y ella decía: «Mamá, es terrible, hay camiones refrigerados delante de nuestro edificio llenos de gente que ha muerto, los veo siempre que salgo, y también los veo por la ventana». «¡No salgáis, por Dios!», decía yo. Y Becka me aseguraba que no salían, salvo cuando realmente necesitaban algo. Cuando colgaba me ponía a dar vueltas por la casa. No sabía cómo serenarme.

Parecía que hubieran puesto el mundo en sordina.

Notaba los oídos taponados, como si estuviera debajo del agua.

William tenía razón. Becka estaba trabajando desde casa, y su marido, Trey, daba las clases por internet. Becka dijo: «Yo intento trabajar en nuestra habitación, y Trey trabaja en el salón, pero se queja de que me oye todo el rato. No podemos salir... ¿Qué podemos hacer? Y, encima, se enfada tanto...».

En Connecticut, Chrissy y su marido, Michael, también trabajaban en casa. Los padres de Michael habían anunciado que se quedaban en Florida para dejarles la casa a ellos solos. Había una casita de invitados en la finca. «Me alegro de que no estemos todos aquí, al menos tenemos toda la casa para nosotros», dijo Chrissy.

9

Pasadas las dos semanas de cuarentena, vino Bob Burgess a ver cómo estábamos. Al parecer, le había enviado un mensaje a William para avisar de que se pasaría por la casa, pero, como William había salido a andar sus cinco mil pasos, los primeros del día, estaba yo sola cuando Bob paró el coche en el sendero de entrada. Salí a saludarlo; se había quedado en la pequeña zona de césped al lado del acantilado y me preguntó si quería salir a sentarme con él. Había traído una silla plegable, y también había sillas plegables en el porche de la casa. Así que me puse el abrigo de entretiempo y la chaqueta de punto de William por encima y salí con una silla para sentarme con Bob. Él llevaba una mascarilla que parecía de confección casera, de tela con flores, y dije: «Espera un momento». Volví a entrar y cogí una mascarilla de la habitación de William —las encontré en la bolsa de plástico transparente—, y nos sentamos muy separados, o sea, más separados de lo que habríamos estado de no haber sido por la pandemia.

—Qué tiempos tan raros —dijo Bob, inclinándose con los codos apoyados en las piernas.

—Sí, es todo muy raro —asentí.

Hacía mucho frío en lo alto del acantilado, con el viento batiendo por todos lados, pero Bob no parecía tener frío. Yo me tapé la cabeza con la chaqueta de William. Bob se echó hacia atrás y miró a su alrededor, y comprendí que se sentía cohibido —lo entendí en ese momento—, así que dije:

—Bob, te has portado increíblemente bien con nosotros. ¡Madre mía! Gracias. Y gracias también por el vino.

Me miró con sus ojos azul claro y vi su expresión de dulce tristeza. Era un hombre corpulento, pero no gordo, y su rostro reflejaba una ternura que lo hacía parecer más joven de lo que seguramente era, aunque con la mascarilla resultaba difícil saberlo.

—No es nada. Me alegro de poder echaros una mano. William es amigo de Pam desde hace años, así que me alegro de ayudaros.

Casi me sentí culpable. Pam, exesposa de Bob, era la mujer que se acostaba con William tiempo atrás, pero Bob no dio ningún indicio de saberlo o, si lo hizo, de que siguiera siendo un problema. Añadió:

—Mi mujer, Margaret, debería haber venido, pero la verdad es que tiene ciertos prejuicios contra los neoyorquinos.

Lo dijo sin mala intención, y eso me gustó.

—O sea, ¿solo porque somos de Nueva York?

Bob hizo un gesto con la mano y contestó:

—Bueno, sí, mucha gente de por aquí piensa así, que los neoyorquinos se creen mejores que los demás.

—Ya. Entiendo. —Porque lo entendía.

Bob vaciló un momento.

—Pero, Lucy, yo quería decirte que tus memorias me han alucinado.

—¿Las has leído? —pregunté.

—Desde luego. —Asintió con la cabeza—. Me dejaron con la boca abierta. Margaret leyó el libro y también le gustó. Ella pensaba que era un asunto de madre e hija, pero a mí me pareció que iba sobre ser pobre. Yo también... —titubeó unos segundos— era de familia con pocos recursos. Margaret no, por cierto, y creo que, si no te has criado en, bueno, en la pobreza, no caes en la cuenta y piensas que va de madres e hijas, que también va de eso, pero en realidad, al menos a mi entender, va de intentar cruzar las líneas de clase en este país y...

—Tienes toda la razón —lo interrumpí, inclinándome un poco hacia delante—. Gracias por entender de qué trata realmente ese libro.

No dejaba de pensar en Bob Burgess. ¡Me había hecho sentir bastante menos sola! Se había preocupado por Becka y los camiones refrigerados a la puerta de su casa: había vivido en Brooklyn muchos años y se interesaba por ella. Me dijo que no había tenido hijos, que no tenía suficiente concentración espermática. Me lo contó como quien habla del tiempo, pero añadió que era lo único en su vida que lo entristecía, no haber tenido hijos, y dije que lo entendía.

Y después hablamos de Nueva York.

—Madre mía, cómo la echo en falta —dijo Bob sacudiendo la cabeza, y yo asentí: ¡sí, y yo! Le conté que los árboles estaban en flor cuando nos marchamos, y la ciudad, preciosa al sol. Bob miró a su alrededor.

—Aquí en marzo es espantoso. Y en abril —añadió—. Horroroso.

Bob se había criado en Maine, en la ciudad de Shirley Falls, a menos de una hora en coche, y cuando regresó a Maine después de pasar muchos años con su primera esposa, Pam, en Nueva York, donde había trabajado de abogado de oficio, volvió a vivir en Shirley Falls con su esposa actual, Margaret. Llevaban en Crosby solo unos años.

Después me habló de los Winterbourne, la pareja de ancianos en cuya casa estábamos nosotros. Me contó que Greg Winterbourne había dado clase en la universidad de Shirley Falls muchos años, que era un auténtico gilipollas y que su mujer estaba bien, un poco seca, pero mejor que Greg. Yo le conté que me habían pedido que diera una charla en esa universidad unos años antes y que no apareció ni un alma, y que me di cuenta de que el director no había anunciado el acto.

Bob no podía creérselo. No sabía quién era entonces el director del departamento de Inglés, pero movió la cabeza.

—Caray —dijo.

Tenía la sensación de que podría pasarme horas enteras hablando con Bob, y pensaba que a él le ocurría lo mismo. Ojalá le hubiera pedido que volviera. Al marcharse dijo:

—Llama si necesitáis cualquier cosa.

Plegó la silla y echó a andar con ella. Y yo solamente le di las gracias. No le pedí: «¡Vuelve, por favor!».

William hablaba frecuentemente con Estelle —la esposa que lo había dejado hacía un año— y con la hija de los dos, Bridget. Les había pedido que se marcharan de Nueva York al mismo tiempo que se lo había pedido a nuestras hijas, y Estelle le hizo caso y se fue a casa de su madre, en Larchmont, muy cerca de Nueva York, y estaba allí con Bridget y su nuevo novio (el de Estelle). Me impresionaba el tono de William cuando hablaba con Estelle y Bridget, tan cariñoso, y a veces lo oía reírse con Estelle, y, cuando dejaba el teléfono, a menudo decía: «Caray, vaya fracasado que se ha echado», refiriéndose al nuevo novio, pero nunca con maldad. Un día dijo:

—No creo yo que lo suyo pueda acabar bien.

Nunca le pregunté por el hombre en cuestión; me parecía que no debía meterme en esas cosas.

—Pero ¿están bien? ¿Toman precauciones? —pregunté, y contestó que sí, que se las iban arreglando. Yo no oía la mayoría de las conversaciones, porque William salía al porche o hablaba con ellas mientras paseaba; a veces hacían videoconferencias.

Un día le pregunté:

—William, ¿no estás enfadado con Estelle?

Había pasado menos de un año desde que ella lo había dejado. William es parasitólogo, y Estelle se había marchado mientras él hacía la presentación de un trabajo en un congreso de parasitología en San Francisco. Cuando volvió a casa, encontró una nota de Estelle en la que decía que se había marchado. Se llevó la mayor parte de las alfombras y también varios muebles.

William me miró un tanto sorprendido.

—Vamos, Lucy. Es Estelle. Con Estelle no se puede estar enfadado mucho tiempo.

Y lo comprendí. Estelle era actriz, aunque yo solo la había visto en una obra de teatro, pero habíamos coincidido muchas veces en el transcurso de los años, y era una persona amable, y bastante luchadora, o esa impresión me daba a mí.

No pregunté por Joanne, la segunda esposa de William. Daba por sentado que sería Joanne quien estaría enfadada con William, puesto que había sido él quien la había dejado. Joanne me traía sin cuidado: William y ella se liaron mientras estábamos casados, y era amiga mía. Su nombre nunca salía en la conversación.

Pero, cuando Bridget lo pasaba mal por algo, que solía ser por el novio de Estelle, William me lo contaba.

«Esa pobre niña, por Dios —decía William moviendo la cabeza—. Ese tío no tiene ni idea de cómo hay que hablarle a una chica joven, no tiene hijos y es un auténtico capullo».

Me daba lástima Bridget, y, sin embargo, a veces —no muchas, pero no me siento orgullosa— me fastidiaba que

William hablara con ella y de ella con tanta frecuencia: a lo mejor estábamos comiendo y se ponía a enviarle mensajes, y a veces eso me molestaba. En una ocasión pregunté:

—¿No preferiría estar contigo en esta situación?

William contestó, como sorprendido:

—No lo sé. —Y añadió—: Incluso si cree que sí, no querría. Es digna hija de su madre, no cabe duda.

Si hubiera sabido lo que le esperaba a Becka, no le habría guardado ningún rencor a Bridget.

Dos

1

Sobre mi marido David: pensaba mucho en él —¡naturalmente!— en esa época. Recordé que tenía mal una cadera por un accidente en la infancia, y por eso no podía hacer mucho ejercicio, y pensaba: ¡Dios mío, probablemente se habría muerto con este virus! Además, era chelista de la Filarmónica, y habían cerrado. Todo el Lincoln Center estaba cerrado. Era algo que me tenía confundida, no acababa de entenderlo, o sea, me hacía sentir a David aún más lejos. Cuando salía a dar un paseo, pensaba: ¡David! ¿Dónde estás? Y, además, no podía escuchar la música clásica que él tocaba. Tenía la emisora en el teléfono, y un día la puse durante un paseo para escucharla con los auriculares y me pareció que la música me atacaba directamente con una especie de furia chirriante.

Llamaba a mi hermano mayor todas las semanas, como llevaba haciendo muchos años, y a mi hermana, también desde hacía años.

Mi hermano, Pete, nunca había dejado nuestra casita de la infancia en el pequeño pueblo de Illinois, y vivía allí él solo desde la muerte de nuestros padres: decía que su vida no era muy diferente con la pandemia. «Llevo sesenta y seis años con distanciamiento social», decía. Pero por teléfono siempre era amable conmigo —es una persona triste y buena—, y le parecía curioso que yo estuviera en Maine con William.

Mi hermana, Vicky, trabajaba en una residencia de ancianos, en el pueblo vecino del de mi hermano. Tiene cinco hijos, y la más joven, que nació cuando Vicky ya era mayor, trabajaba en la misma residencia que su madre. Tengo que decir que cuando yo tenía diecisiete años obtuve una beca en una universidad cerca de Chicago, y que ir allí me cambió la vida por completo. Totalmente; me cambió la vida. Nadie de nuestra familia había pasado del instituto. Así que cuando la hija menor de Vicky, Lila, obtuvo una beca parecida en el mismo sitio hace unos años, me alegré enormemente por ella, pero volvió a casa al cabo de un año.

Me preocupaba que las dos trabajaran en una residencia de ancianos, y mi hermana me explicó: «Es que yo tengo que trabajar, Lucy». Lo dijo con pena, lleva años amargada y entiendo por qué. No ha tenido una vida fácil. Yo le seguía enviando dinero todos los meses, y ella no me lo agradecía, y no puedo echárselo en cara. Su marido se había quedado sin trabajo unos años antes. La verdad, me entristecía mucho pensar en ella, y en Lila, que había obtenido la beca para la universidad exactamente igual que yo. ¡Cuánto había deseado que la vida de Lila fuera distinta! Pero ella no lo había conseguido.

¿Quién sabe por qué las personas son diferentes? Nacemos con cierta manera de ser, creo yo, y después el mundo se encarga de cambiarnos.

2

Pasadas unas semanas, William me dijo una noche:
—Lucy, me voy a ocupar yo de cocinar. No te ofendas, por favor. Es que me apetece hacerlo.
—No me ofendo —le aseguré. Nunca me ha interesado la comida.

Cuando estaba casada con David, él cocinaba la mayoría de las veces, y siempre procuraba dejarme algo de comer las noches en que él estaba con la Filarmónica. Al recordar cómo David metía la nariz en la nevera, sacaba un plato tapado y decía: «Mira, Lucy, esto es para que cenes esta noche», al recordarlo mientras observaba a William en la cocina, se me estremecía el alma. A veces tenía que darme la vuelta unos segundos y cerrar los ojos con fuerza.

William preparaba algo distinto cada noche. Hacía salsa para la pasta y chuletas de cerdo, hacía redondo de ternera y salmón. Pero también montaba un lío tremendo en la cocina y me tocaba a mí limpiar, cosa que hacía. Necesitaba muchos elogios por cada plato que preparaba —me di cuenta—, así que yo le ponía por las nubes. A mí me parecía que le ponía por las nubes, pero siempre preguntaba, incluso después de haberlo elogiado:

—¿Qué? ¿Te ha gustado? ¿Estaba bueno?

—Estaba más que bueno —contestaba yo—. Fantástico.

Y me levantaba a recoger y limpiar la cocina.

Comprendo que esto puede resultar difícil de creer, pero es verdad.

Cuando era pequeña no teníamos salero ni pimentero en la mesa. Éramos muy pobres, como ya he dicho, y sé que muchas personas pobres tienen salero y pimentero en su casa, pero nosotros no. Muchas noches cenábamos un trozo de pan blanco con melaza. Lo cuento porque hasta que fui a la universidad no me enteré de que la comida podía tener buen sabor. Éramos un grupo que se sentaba a la misma mesa en el comedor a la hora de la cena, y una noche me fijé en que el chico que estaba enfrente de mí, que se llamaba John, cogía el salero y el pimentero y los sacudía sobre el trozo de carne que tenía en el plato. Y yo hice lo mismo.

¡Y no me lo podía creer!

No podía creerme la diferencia de sabor con la sal y la pimienta.

(Aun así, sigue sin interesarme la comida).

3

Un día se presentó un hombre en el porche con unos paquetes: eran para mí, de L.L. Bean. William había salido a andar, y al abrir los paquetes vi que había un abrigo justo de mi talla: era azul y me quedaba perfecto, y, además, había dos jerséis, también para mí. ¡Y unas zapatillas de mi número!

—¡William! —le grité al verlo en la entrada—. ¡Mira lo que han traído!

—Lávate las manos —dijo. Porque había abierto los paquetes. Así lo hice. Me lavé las manos.

William sacó los embalajes al porche. Después entró y también se lavó las manos.

Todas las mañanas, William salía a andar cinco mil pasos antes de que yo me levantara; era madrugador. Incluso cuando estaba nublado, algo frecuente, me despertaba la luz que entraba por la claraboya, y yo siempre se lo comentaba. Cuando volvía, ya tenía preparados los cuencos de cereales: tomábamos Cheerios. Nos sentábamos a la mesa y allí desayunábamos, y a mí me gustaba, de una extraña manera: era quizá la parte del día que prefería. Siempre había sido la parte del día que más me gustaba con mi marido David. Pero ahora me gustaba porque William me resultaba familiar —bueno, en casi todo—, y porque ese momento siempre albergaba cierta esperanza, un presentimiento leve pero muy real para mí, de que quizá ese día trajera algo diferente, de que la pandemia pasaría y podríamos volver a casa. Después del desayuno nos trasladábamos al salón, y desde allí contemplábamos el mar. Fuera hacía mucho frío y el sol apenas brillaba; el mar seguía gris. Cuando me terminaba el café, me ponía el abrigo nuevo y salía a dar mi paseo diario.

El único sitio por donde podíamos ir andando era la carretera que llevaba al promontorio. En mis paseos no veía gente, aunque a veces notaba la presencia de una persona mirándome desde una ventana. La carretera era muy estrecha. Los árboles estaban desnudos, y yo volvía a pensar que en Nueva York ya había árboles echando hojas y tulipanes delante de los edificios. Me parecía raro que el mundo de Nueva York siguiera tan hermoso mientras morían tantas personas.

Un día, mientras andaba, me acordé de una cosa. Cerca de donde vive uno de mis amigos de Nueva York —en el Village— había una mujer mayor a la que mi amigo y yo veíamos a veces cuando hacía mucho calor. La anciana vivía en un sexto sin ascensor y bajaba una silla plegable a la acera y se sentaba allí; decía que en su piso no se podía parar del calor que hacía. Charlamos con ella unas cuantas veces, y algunos días tenía en la mano un vaso de cartón azul con café que le daba el dueño del *delicatessen*. ¿Dónde estaría ahora? ¡No podía sentarse en una acera de Nueva York! Y ¿cómo haría la compra? ¿Estaría viva?

Después pensé que William había hecho bien en traerme aquí, donde podía pasear libremente, aunque no viera a mucha gente. La pregunta de por qué unas personas tienen más suerte que otras... No sé la respuesta.

Cerca de la carretera estrecha por la que andaba, con el aire frío de cara y los árboles desnudos, había casitas.

Algunas parecían casas de verano, otras daban la impresión de que vivía gente en ellas todo el año. En un jardín de la entrada había trampas para langostas de metal amarillo apiladas y un tablón apoyado sobre ellas, con boyas colgando pintadas de rojo. En otra casa tenían muchos, muchísimos barcos viejos arrumbados —era como un vertedero de barcos viejos—, y cerca de allí había una caravana en la que un día vi a un hombre. Lo saludé con la mano y él no me saludó; me dio mucho corte, en parte porque pasaba por esa carretera con frecuencia. Seguía andando hasta la caleta por la que habíamos pasado el día que llegamos, la que había despertado en mí una emoción tan callada. Aún me fascinaba, calladamente, y me sentaba en un banco a mirar todos aquellos barcos, algunos con unos trastos altos que se elevaban hacia el cielo, pero que no eran mástiles: eran de metal y debían de tener algo que ver con la pesca; otros eran langosteros, y en el agua flotaban boyas. A veces las gaviotas bajaban en picado hacia los muelles, graznando. Había dos muelles viejos de madera, y, dependiendo de la marea, enseñaban sus patas flacas —postes altos de madera— o parecían sentados casi encima del agua. Después volvía a casa andando.

Una mañana vi a un hombre viejo sentado en los escalones de la entrada de una casita, fumando un cigarrillo. Los peldaños estaban desnivelados, un poco ladeados. Y la casa era blanca, pero hacía tiempo que no la pintaban. El hombre me saludó con un ligero movimiento de la mano con la que sujetaba el cigarrillo. Me paré y dije:

—Hola, ¿qué tal?

Y el viejo contestó:

—Pues bien. ¿Y tú?

—Bien, bien.

Dio una calada al cigarrillo.

—¿Estás en casa de los Winterbourne?

Y le dije que sí.

—¿Cómo te llamas? —le pregunté.

—Tom. ¿Y tú?

—Lucy —contesté, y el hombre me dirigió una gran sonrisa.

—Es un nombre bien bonito, cielo. —Pero lo pronunció como «dielo». Tenía unos dientes que parecían una dentadura postiza que le quedaba grande. Volvimos a saludarnos con la mano y yo continué andando.

Pasaron unos cuantos coches, y la carretera era tan estrecha que tuvieron que reducir la velocidad al acercarse a mí, a pesar de que yo intentaba mantenerme pegada al borde.

Al subir aquel día el empinado sendero, vi un trozo grande de cartón en la ventanilla trasera del coche de William en el que habían escrito con grandes letras: ¡FUERA DE AQUÍ, NEOYORQUINOS! ¡¡LARGAOS!!

Me asusté de verdad, y, cuando William salió a verlo, no le hizo ninguna gracia. Arrancó el cartón y lo tiró al contenedor de reciclaje.

Tres

1

Dicen que el segundo año de viudez es peor que el primero: creo yo que la idea es que se han pasado los efectos del mazazo y ya solo queda seguir viviendo con la pérdida. Llevaba tiempo comprobando que era verdad, incluso antes de irme a Maine con William, pero últimamente me sentía como si acabara de enterarme de nuevo de que David había muerto. Y me invadía una pena muy íntima, abrumadora. Y estar en este sitio en el que David nunca había estado... Quiero decir que me sentía realmente desplazada.

No lo hablé con William.

A William le gusta arreglar las cosas, y esto no tenía arreglo.

Y también comprendí que la pena es algo privado. Ay, completamente privado.

William intentaba seguir trabajando en el laboratorio por internet, pero su ayudante ya no podía ir allí, y se llamaban por teléfono para hablar de un experimento que llevaban tiempo intentando hacer, y William le insistía en que no se preocupase. Un día anunció:

—A tomar por saco. De todos modos, el experimento era una estupidez. Y yo me voy a jubilar dentro de poco.

—¿De verdad te vas a jubilar? —pregunté.

45

Se encogió de hombros y contestó que sí, que dentro de muy poco, pero que no le apetecía hablar del tema. Eso fue lo que dijo.

Pero William era capaz de leer. Me sorprendía la rapidez con que leía los libros que se había traído —novelas, y también biografías de los presidentes y de otros personajes históricos—, y los libros que encontraba en la habitación de arriba. Pero yo no podía leer. No podía concentrarme. En esas dos primeras semanas dormía la siesta algunas tardes, y al despertar me sorprendía no tener conciencia de haber dormido. Y, además, cuando me despertaba no sabía dónde estaba.

William salía a dar el segundo paseo por la tarde, y, cuando volvía, a veces yo también salía a dar mi segundo paseo. Algunos días veía al viejo sentado delante de su casa, fumando, y siempre me decía: «¡Hola, dielo!», y yo lo saludaba con la mano y contestaba: «¡Hola, Tom!». Y después volvía a casa, por el largo sendero de entrada lleno de piedras y ramas como grandes patas de araña arqueadas por encima.

Así era como vivíamos.

Era raro.

2

Lo que más preocupada me tenía era esto:

Cuando imaginaba mi piso de Nueva York, me parecía irreal. De una manera extraña —indefinible—, no me gustaba. Quiero decir que no me gustaba pensar en mi piso allí, que me alteraba. Pero tenía la sensación de estar dividida en dos. Una mitad estaba en Maine con William, y la otra mitad, en Nueva York, en mi casa. Pero no podía volver, de modo que esa mitad era como una sombra... No encuentro otro modo de expresarlo. Cuando pensaba en el violonchelo de David apoyado contra una pared de nuestro dormitorio, me dolía; aún más: lo rechazaba, y cada día me agobiaba más esa sensación. Me producía gran angustia, quiero decir.

Hablaba por teléfono con mis amigos de Nueva York. Una conocida mía, una mujer mayor, tenía el virus, pero por lo visto estaba bien; había perdido el sentido del gusto y del olfato y le dolía todo el cuerpo, pero nada más. El padre de otra mujer había muerto por el virus. Una pareja lo tenía, los dos, pero al parecer estaban recuperándose. Otra conocida mía no salía de su casa para nada.

La tristeza que sentía en el pecho parecía subir y bajar según... ¿Según qué? No lo sabía.

Y seguía el tiempo frío, desapacible.

Sobre mi trabajo pensaba: no volveré a escribir una sola palabra.

Había una lavadora y una secadora viejas en un cuarto interior, y nos turnábamos para hacer la colada. No teníamos mucha ropa, pero observé que William se lavaba los vaqueros cada dos días. No recordaba si lo hacía cuando estábamos casados, pero creo que no.

Cuatro

1

Hurgando un día en un armario, encontré un mantel antiguo y lo saqué. Era redondo, con flores descoloridas y pompones de un rosa también descolorido todo alrededor.

—Ah, es perfecto —dije, y lo puse en la mesa del comedor.

—Estarás de broma, ¿no? —replicó William, y yo le contesté que no, que lo decía en serio.

2

A veces, cuando pensaba en mi marido David, me daba cuenta de que me enfadaba pensar en él. ¡No tienes ni idea de lo que estamos pasando!, pensaba con enfado. No quería enfadarme con él, aunque sé que es una parte normal del duelo, pero no quería. Y pasaba otra cosa con David: no se me aparecía en sueños y había muerto hacía casi un año y medio. Cuando moría cualquier otra persona que yo conocía, siempre se me presentaba en un sueño, a veces más de uno, y ocurría uno o dos meses después de morir. Siempre es el mismo sueño: tienen prisa por volver a la tierra de los muertos, pero quieren saber si estoy bien, o algunos me dan un mensaje para que yo se lo transmita a otra persona. Es algo que me ha pasado con tanta frecuencia que ya no lo comento con nadie (una amiga mía dijo cuando se lo conté: «Bueno, la mente hace cosas muy curiosas»), pero estos sueños siempre me han servido de consuelo.

Incluso mi madre, a pesar de lo mucho que me había complicado la vida, incluso ella —había muerto años antes— se me había aparecido en sueños, dos veces, y estaba como impaciente, como ya he dicho, por volver al sitio donde viven los muertos, pero me había preguntado si me encontraba bien.

Pasó lo mismo cuando murió Catherine, la madre de William.

Pero David... Se había ido. Como si acabara de desaparecer por un agujero negro, y yo pensaba: ¡venga ya, David!, ¡por Dios!

3

Una noche, en las noticias de Nueva York vimos las zanjas que habían cavado en Hart Island —en el extremo occidental de Long Island, cerca del Bronx—, y vimos muchas, muchísimas cajas de madera apiladas dentro, con todas las personas de la ciudad que habían muerto del virus y no tenían a nadie que reclamara su cadáver. Miré al suelo, otra vez, pero no dejaba de ver la imagen en mi cabeza, el barro rojizo y las alargadas cajas de madera blanquecina unas encima de otras, mal colocadas en aquellas tumbas profundas. Con las excavadoras amarillas allí al lado.

Y, casi continuamente, la sensación de estar debajo del agua, de que las cosas no eran reales.

Una mañana William dijo que necesitábamos comida y que iría al supermercado, que si quería ir yo también; había ido varias veces sin mí, y también a la farmacia a por mis pastillas. Cada vez que volvía de comprar, contaba que los estantes estaban vacíos: no había papel higiénico, ni servilletas de papel, ni artículos de limpieza, ni siquiera pollo. A mí me asustaba mucho, y pensaba: ¡en qué lío nos hemos metido! Pero William no se rindió y encontró dos rollos de papel higiénico en una tiendecita cerca de una carretera secundaria.

Esa mañana dije que sí, que quería ir con él. Y él me advirtió: «Vale, pero te quedas en el coche. No tenemos por qué correr riesgos los dos». Así que fuimos al pueblo y aparcamos en el aparcamiento del supermercado, y William se puso mascarilla y guantes para entrar. No me importó quedarme en el coche. ¡Había tanta gente a la que mirar! Sentí un leve temblor en el corazón al mirarlos. La mayoría llevaba mascarillas caseras, es decir, como la que llevaba Bob Burgess, no como las de William, que eran de papel azul y parecían de cirujano. Y de pronto vi a una mujer hablándole con dureza a su hijo mientras metían las cosas en el coche. El niño debía de tener nueve años como mucho, y esa mujer, ¡qué mal me cayó! El hijo parecía muy triste, con grandes ojos oscuros.

Todas las demás personas me intrigaban. Mujeres la mayoría, pero también algunos hombres: sus vidas eran un misterio para mí. Llevaban una ropa que yo no me habría puesto jamás: muchas mujeres iban con mallas hasta la cintura —¡con ese frío!— que no cubría ninguna de las múltiples sudaderas superpuestas. Ninguna iba maquillada, o eso creí ver.

Y de repente una mujer se puso a chillar. Yo no sabía qué pasaba, pero me pareció que me miraba al acercarse a nuestro coche. Era de mediana edad y muy delgada, y tenía el pelo medio blanco, pero como anaranjado, y me miraba furibunda. No llevaba mascarilla. Yo no podía bajar la ventanilla, porque habría tenido que arrancar el coche, y aquella mujer me tenía aturdida con sus gritos, y de pronto soltó:

—¡Malditos neoyorquinos! ¡Largaos de nuestro estado de una puta vez! —Y no paraba de agitar un brazo, señalando hacia un lado.

La gente la miraba, y ella seguía allí, gritando, hasta que alguien —un hombre— dijo:

—Venga, déjela en paz...

Y la mujer se marchó, pero yo me moría de vergüenza porque la gente me miraba, y no dejé de mirarme las manos hasta que William salió. Puso las bolsas en la parte trasera del coche; parecía irritado, así que no le conté lo que había pasado hasta que nos alejamos de allí. Movió la cabeza, sin decir nada.

—¡William, no soporto que me griten!

Él replicó, no muy amablemente:

—A nadie le gusta que le griten, Lucy.

No abrió la boca durante el resto del trayecto.

Cuando volvimos a la casa, William cortó una naranja en cuatro trozos y se los comió, sorbiendo el zumo con un ruido que me obligó a subir al dormitorio que yo ocupaba.

—¡Tenían papel higiénico! —vociferó.

Mamá, grité en silencio, llamando a la madre buena que me había inventado, mamá, ¡no puedo hacerlo! Y la madre buena que me había inventado dijo: «Lo estás haciendo muy bien, de verdad, cielo». ¡Pero detesto todo esto, mamá! Y ella contestó: «Ya lo sé, cielo. Tú aguanta un poco, que todo acabará».

Pero no parecía que fuera a acabar.

Debería decir lo siguiente:

Fue en esa época cuando me di cuenta de que odiaba a William todas las noches, después de cenar. Por lo general, era porque me daba la impresión de que en realidad no me escuchaba. Sus ojos —cuando me miraba de pasada mientras yo hablaba— no parecían fijarse en mí, y me recordaba hasta qué punto era incapaz de escuchar. O de escuchar como es debido. Pensaba: ¡no es David! Y a continuación:

¡no es Bob Burgess! A veces tenía que salir de la casa en la oscuridad a pasear junto al mar, soltando tacos en voz alta.

El día después de ir a la compra llovió, y por la tarde me sentía tan inquieta que fui a dar un paseo con un paraguas viejo que encontré en el porche. Cuando volví, le dije a William, mientras me sentaba en el sofá:

—Ni siquiera fuiste amable conmigo cuando esa mujer me gritó. ¿Por qué no pudiste ser amable?

La lluvia golpeaba las ventanas, el mar salpicaba las rocas y todo parecía marrón y gris. William se levantó, fue hasta la puerta del salón y allí se quedó. Como no decía nada, levanté los ojos.

—Lucy —dijo al fin, con cierta dificultad—. Lucy, es tu vida la que quería salvar. —Se dirigió hacia mí, pero no se sentó—. Mi propia vida no me importa mucho últimamente, si no fuera porque sé que las chicas todavía dependen de mí, sobre todo Bridget. Todavía es una niña. Pero, Lucy, si tú murieras de esto, sería... —Movió la cabeza con expresión de cansancio—. Yo solo quería salvarte la vida, así que ¿qué más da que te haya gritado una mujer?

4

Una tarde después de aquel día de lluvia vi el crepúsculo. Había estado nublado todo el día, y justo antes de la puesta de sol se abrieron las nubes y se tiñeron de un naranja brillante que se extendió por el cielo y, reflejándose en el agua, se lanzó hacia la casa: no podía creérmelo. Había que ponerse de pie en el porche y mirar por el cristal de la esquina para verlo, pero el cielo cambiaba sin cesar mientras el sol se iba ocultando, y el rojo oscuro ascendía más y más. Llamé a William. Vino, y nos quedamos allí largo rato, y al final sacamos unas sillas para contemplarlo. ¡Qué maravilla! Y día tras día esperábamos esos atardeceres, que de vez en cuando llegaban: el resplandor naranja más dorado del mundo, eso me parecía a mí.

Bob Burgess se presentó con dos placas de matrícula de Maine y dijo:

—Voy a ponéroslas.

Me guiñó un ojo que asomaba por encima de la mascarilla, y lo acompañamos hasta el coche.

—¿De dónde las has sacado? —preguntó William, y Bob se encogió de hombros.

—Considérame tu abogado. Digamos que no tienes por qué saberlo. Siempre hay placas de matrícula por ahí, y precisamente ahora nadie va a fijarse en que estas son antiguas.

Quitó las placas de Nueva York con los guantes de trabajo que llevaba y se las dio a William. Después se quedó un rato a charlar, sentados los tres en sillas plegables en el pedacito de hierba en lo alto del acantilado, y dijo que Margaret quería conocerme, que si me parecía bien que se pasara con él por casa algún día, y yo le contesté que por supuesto. Pero a mí me habría gustado ver a Bob siempre a solas. Cuando ese día se marchó, mientras William y yo volvíamos a llevar las sillas al porche, dije: «Me encanta ese hombre», y William no dijo nada.

Siguió haciendo un tiempo espantoso casi todos los días: frío, lóbrego y ventoso. Pero un día, a mediados de abril, salió el sol, y William y yo fuimos hasta las rocas —había marea baja— y seguimos andando hasta una tienda cerrada, el único edificio en esa zona, con césped al lado. Y también había rocas. Nos sentamos al sol en el porche de la tienda cerrada. Y nos sentimos felices.

Fue la primera vez que William se fijó en la atalaya. Estaba lejos, a la izquierda, y William no se cansaba de repetir: «¿Qué será eso?». Yo solo veía una torre marrón en la distancia, y me traía sin cuidado.

Nos quedamos largo rato sentados al sol. En el agua que se extendía interminable frente a nosotros había una gran mancha blanca, reflejo del sol. Parecía centellear, pero más que nada era un blanco muy muy brillante en una enorme franja del mar. Me levanté para acercarme al agua y encontré un huevo de mirlo, intacto salvo por una minúscula grieta en la parte de abajo, de modo que la yema lo había dejado pegado a una piedra. ¡Ah, qué hermosura!

—¡Ven a ver esto! —le grité a William, que sacó el teléfono para hacerme una foto desde la pendiente rocosa.

Como a cámara lenta, lo vi tambalearse, primero hacia atrás y luego hacia un lado, hasta que recobró el equilibrio.

—No pasa nada —dijo, pero me di cuenta de que estaba alterado.

—¡Qué susto me has dado, William! —exclamé, y corrí a abrazarlo.

Después volvimos a la casa, todavía contentos, y coloqué el huevo de mirlo pegado a la piedra en la repisa de la chimenea.

Esa noche, cuando fui a mi habitación para acostarme, encontré un antifaz para dormir encima de la almohada.

—William, ¿qué es esto? —grité.

Me contestó desde la habitación de al lado.

—Siempre te estás quejando de la claraboya. Y ahora el sol sale más temprano. Te lo compré en la farmacia el otro día y se me olvidó...

Salí y me quedé en la entrada de su habitación.

—Pues gracias.

Él simplemente hizo un gesto con la mano. Se le veían las piernas dobladas debajo de las mantas; estaba leyendo.

—Buenas noches, Lucy.

Tengo que decirlo: aun con todo lo que estaba ocurriendo, aun sabiendo que mi médico había predicho que duraría un año, yo todavía no... No sé cómo expresarlo, pero mi mente tenía dificultades para asimilar las cosas. Cada día era como una enorme superficie de hielo sobre la que tenía que caminar. Y en el hielo había árboles pequeños y ramitas: es la única manera que tengo de describirlo, como si el mundo se hubiera convertido en un lugar distinto y yo tuviera que atravesarlo un día tras otro sin saber cuándo acabaría, y no parecía que fuera a acabar, así que yo sentía una gran ansiedad. Muchas noches me despertaba y me quedaba en la cama completamente inmóvil; me quitaba el antifaz y no me movía. Me daba la impresión de que pasaban horas enteras, pero no lo sé. Mientras estaba allí tumbada se me venían a la cabeza diferentes partes de mi vida.

Pensaba en que, cuando William y yo nos conocimos —él era ayudante de cátedra de mi clase de biología en segundo de facultad—, debido al terrible aislamiento del ambiente en el que me había criado, no sabía nada de la cultura popular, de los hermanos Marx, por ejemplo, pero, cuando William me abrazaba, yo decía: «Más fuerte, más fuerte», y él respondía con la frase de Groucho Marx en la que le dice a una mujer que le está pidiendo lo mismo: «Si te abrazo más fuerte, nos vamos a dar la espalda».

Y entonces la claraboya empezaba a iluminarse, volvía a ponerme el antifaz y me quedaba dormida.

5

Y de repente... ¡por Dios, pobre Becka!

Al cruzar la puerta después del paseo matutino, un día a finales de abril, me sonó el teléfono: era Becka, llorando y gritando «¡Mamá, mamá! ¡Mami!». Gritaba tan fuerte que me costaba trabajo entenderla, pero lo esencial era lo siguiente: Trey, su marido, se había liado con alguien, tenía pensado dejar a Becka, se lo había dicho, pero estaban los dos confinados en la misma casa. Becka había encontrado mensajes en el teléfono de Trey. Casi no puedo contarlo, de lo doloroso que fue. Becka había subido a la azotea de su edificio para llamarme. Se oían sirenas, continuamente.

—Te paso con papá —le dije, y William le habló sin ambages. Le preguntó ciertas cosas: cuánto tiempo duraba aquello, dónde pensaba vivir Trey, si la otra persona estaba casada. Le preguntó cosas que a mí jamás se me habrían ocurrido. Y oí que la voz de Becka iba tranquilizándose mientras hablaba con su padre. William le preguntó si quería quedarse con Trey, y oí su contestación: «No».

—¿Estás completamente segura?

—Estoy segura.

—Muy bien. Vamos a buscar una manera de sacarte de Nueva York —dijo William—. No sé cómo, pero lo haremos. Ánimo, pequeña.

Me devolvió el teléfono, y Becka se puso a llorar otra vez.

—Mamá, qué humillada me siento... Mamá, yo ni siquiera lo sabía... Mamá, cómo lo odio, ay, mami...

Y yo la escuché y le dije:

—Lo sé, lo sé. —Salí con el teléfono y me puse a dar vueltas mientras mi pobre hija no paraba de sollozar.

Cuando volví a entrar en casa, William estaba hablando por teléfono, sentado a la mesa del comedor.

—Bueno, Trey —dijo, mirándome y enarcando las cejas—, ¿qué planes tienes? ¿Cuánto tiempo tenías pensado seguir engañando a Becka?

Dejó el teléfono en la mesa y lo puso en altavoz. Oí decir a Trey, que parecía asustado:

—No puedo responderte a eso, Will. —Pasados unos segundos añadió—: Entiendo que estés preocupado por ella, yo también lo estoy, pero creo que deberías dejar que seamos nosotros quienes solucionemos esto.

—Vamos a ver. ¿Tú te has creído que se te puede dejar en una casa con mi hija en medio de una pandemia tremenda mientras le envías mensajes de amor a otra mujer?

Oí la voz de mi yerno, que replicó muy enfadado:

—Tú le hiciste lo mismo a tu mujer, por lo que me ha contado Becka. No deberías tirar la primera piedra.

William me miró, levantando más las cejas. Se inclinó sobre el teléfono; lo vi vacilar, encolerizándose.

—Sí, Trey, lo hice. Y ¿sabes por qué? ¡Porque era un gilipollas! ¡Por eso lo hice, pedazo de idiota! —Se echó hacia atrás y luego volvió a inclinarse hacia delante—. ¡Bienvenido al club, gilipollas!

Y nuestro yerno colgó.

Entonces me acordé de una cosa: cuando descubrí las infidelidades de William, yo también subí a la azotea de nuestro edificio y me puse a llorar. Las niñas debían de estar en casa, o a lo mejor no quería que me oyeran los vecinos, pero el caso es que subí a la azotea y lloré a mares, y recuerdo que dije en voz alta: «¡Mamá! ¡Ay, mami!». Eso fue antes de que me inventara a la madre que siempre me trata con cariño, así que a quien llamaba aquel día era a mi madre de verdad. Llorarle a mi madre... Qué primario, lo mismo que el llanto de Becka dirigido a mí.

No poder estar con ella y abrazarla era angustioso.

Estaba medio enloquecida por la angustia, quiero decir.

Pero William dijo:

—Se pondrá bien, ya verás.

Me pareció muy frío.

—¡Pero ahora no está bien!

William se levantó.

—Lucy, considéralo a largo plazo. Trey nunca te ha caído bien. Becka se ha librado de él. Es una chica estupenda, de verdad, y ahora puede encontrar a otra persona. —Abrió una mano y añadió—: O no. No todo el mundo tiene que casarse. Y no olvides que se casó con él por despecho —concluyó.

Y ese pensamiento ya se me había pasado por la cabeza, naturalmente: Becka había estado saliendo con un joven al que quería con toda el alma y que rompió con ella, y muy poco después conoció a Trey. Pero no podía evitar la sensación de desgarro, y del desgarro de Becka.

William no hablaba mucho por entonces, pero un día se paró en medio del salón y dijo: «¿Que ese pedazo de gilipollas es poeta? ¿Y lo único que se le ocurre es soltar el tópico ese de tirar la primera piedra? ¡Venga ya!».

Pensé que William tenía razón, pero no se lo dije.

Pasaron dos días. Becka me llamaba por teléfono a diario, varias veces, y lloraba enfadada —furiosa—, y en una ocasión oí a Trey que le gritaba con sarcasmo: «¡Mami! ¡Mami! ¡Mami!». Y lo odié con toda mi alma. Era casi insoportable la rabia que sentía contra él, tanta que podría haberlo golpeado una y otra vez de haberlo tenido delante. Siempre me había asustado sentir tanta furia hacia alguien. La había sentido hacia algunas de las mujeres con las que William se había liado años atrás. Había llegado a imaginarme dándole de bofetadas a una de ellas. Y eso me horrorizó, por la violencia que me había infligido mi madre cuando yo era pequeña.

El marido de Chrissy, Michael, llamó a William para decirle que estaba dispuesto a ir a Brooklyn a buscar a Becka, ella podía quedarse en la casa de invitados de sus padres y pasar las dos semanas de confinamiento, y cuando William me contó que Michael había llamado para proponer eso... Lo único que puedo decir es que lo amé profundamente, lo quise tanto como odiaba a Trey. Me resultaba increíble que se ofreciera a hacer una cosa así. Jamás lo olvidaré.

Pero William se negó.

Dijo que no pensaba poner en peligro a tres personas. Me quedé pasmada.

William me miró y me soltó indignado:

—¿Es que te crees que no voy a sacarla de allí? ¡Voy a sacarla de la forma más segura posible, Lucy! —Y añadió—: Michael tiene asma, Lucy. ¿O es que se te ha olvidado?

Así que William llamó al conductor que había contratado durante años, el que lo llevaba al aeropuerto y lo recogía siempre que iba a algún sitio, a un congreso o dondequiera que William hubiera ido en el pasado. «¿Horik?», dijo, y salió al porche con el teléfono. Cuando volvió, seguía hablando. «Rocía con Lysol todo el coche. Hasta el último recoveco. Vale, gracias».

Y después me explicó que Horik llevaba varias semanas sin trabajar, o muy poco, y que confiaba en él plenamente, que le había explicado que la vida de su hija dependía de que el coche estuviera limpio. Después llamó a Becka y le dijo que estuviera preparada a las nueve de la mañana del día siguiente. «El conductor no te va a abrir la puerta. Llévate una maleta que puedas manejar tú sola y métete en el asiento de atrás. Él te mandará un mensaje cuando aparque. —Y añadió—: Ponte mascarilla y guantes. También hay que proteger a Horik».

Y así fue como Becka llegó a Connecticut, a la casa de invitados. Cuando la dejó Horik, Chrissy y Michael la estaban esperando a la entrada, aunque no se acercaron a ella, y Chrissy le gritó: «¡Te hemos preparado la casa!». Chrissy le llevó la comida a la puerta durante dos semanas, y Becka no pilló el virus. Fueron —para mí— dos semanas terribles, hablaba con Becka todos los días, y ya casi pasadas dos semanas noté un cambio en su voz: estaba más serena. Siempre pedía: «¿Puedes pasarme con papá?». Y yo lo hacía. Eso me sorprendía y me hacía sentir más cariño por William, que su hija quisiera hablar con él tanto como conmigo en un momento en que sufría un estrés terrible.

Cuando acabó el confinamiento, Becka se quedó en la casita de invitados. «Estoy muy a gusto aquí, mamá —decía—. Y ahora puedo ver a Chrissy a cualquier hora. Cenamos juntos todas las noches». Seguía trabajando por internet como asistente social para la ciudad de Nueva York.

Y así estaban las cosas. Becka había sobrevivido, estaba sobreviviendo.

He terminado por llamar a esto «la historia del primer rescate».

La historia del segundo rescate ocurrió un mes más tarde.

Aunque al final no salió bien ninguno de los dos rescates.

Pero de alguna manera esto contribuyó a que me preocupara mucho por Bridget: de repente me parecía muy vulnerable, y en parte se debía a Becka. Una vez incluso llamé yo a Estelle para ver qué tal les iba, y me dijo: «¡Ah, Lucy, qué alegría oír tu voz!». Me contó que Bridget tenía altibajos, y yo le contesté que a mí me pasaba lo mismo.

Cinco

1

Nevó el primer día de mayo. Cayeron hasta cinco centímetros, en gruesos copos que se ovillaban en los cristales de las ventanas. No podía creérmelo.

—Detesto la nieve —dije.

—Ya lo sé, Lucy —contestó William cansinamente.

William volvió de su paseo vespertino —con los hombros chorreando, por la nieve de los árboles que le había caído encima, y las zapatillas empapadas— y se sentó en el sofá. Se desprendió de los calcetines mojados y, mostrando unos pies blancos de viejo, anunció:

—He ido hasta la torre esa.

Al principio no entendí a qué se refería, pero me explicó que lo había investigado, que era una torre que habían construido en la Segunda Guerra Mundial para avistar submarinos, y lo cierto es que varios submarinos alemanes habían llegado hasta esta costa. William me contó que un poco más abajo, en la misma costa, dos espías alemanes habían salido de un submarino y habían conseguido llegar desde Maine hasta Nueva York. Fue una noticia tremenda, de difusión nacional: los condenaron por espionaje a la pena de muerte, pero el presidente Truman les conmutó la sentencia y finalmente quedaron en libertad. William dijo:

—Ya nadie se acuerda, pero esas torres están ahí porque la amenaza era real.

No supe qué contestar.

Ya he escrito algo sobre esto, pero debería añadir que el padre de William era un soldado alemán y que lo capturaron en una trinchera, en Francia. Lo enviaron como prisionero de guerra a trabajar en una plantación de patatas de Maine, y se enamoró de la esposa del agricultor (Catherine, la madre de William). Catherine dejó al agricultor y se fugó con el prisionero de guerra alemán, aunque tardó como un año, porque el padre de William tuvo que volver a Europa después de la guerra para la reconstrucción.

Resulta que durante esa época Catherine tuvo una hija con el agricultor y que después los abandonó a los dos, a la hija recién nacida y al marido agricultor, porque el padre de William volvió a Estados Unidos, a Massachusetts. Y William no supo que existía esa niña —esa hermanastra llamada Lois Bubar— hasta mucho después de la muerte de su madre: se enteró el año pasado, como ya he dicho.

El padre de William había muerto cuando William tenía catorce años. Catherine no volvió a casarse, y adoraba a William, que se creía hijo único.

2

Fue unos días después de que William fuera a la atalaya. Yo estaba mirando mi correo cuando vi algo que me reenviaba la jefa de prensa de la editorial. «¿Conoces a esta mujer?», decía.

Era un correo de Lois Bubar, la hermanastra de William. Se lo había enviado a la jefa de prensa pidiéndole que me lo reenviara. En un solo párrafo decía que había pensado en mí durante la pandemia, que esperaba sinceramente que estuviera bien en Nueva York y que también William estuviera bien. Acababa diciendo: «Fue muy agradable conocerte, y desde ese día he lamentado no acceder a ver a William. Si hablas con él, díselo, por favor, y dile también que solo le deseo lo mejor. Dile, por favor, que espero que se cuide. Un cordial saludo, Lois Bubar».

No me preocupaba especialmente Lois Bubar por aquel entonces, lo reconozco. Era Becka en quien no podía dejar de pensar.

Pero, cuando William volvió del paseo, le enseñé el correo, y su reacción me sorprendió un poco. Se sentó y se puso a mirar el mar por la ventana, sin decir palabra.

—William —dije al fin, y se volvió para mirarme; parecía un tanto aturdido.

—Voy a escribirle.

—Muy bien.

Pasó la tarde escribiendo borradores para esa mujer, y no dejó el ordenador hasta que llamó Becka.

Pueden imaginarse lo ocupada que me tenía todo lo que estaba pasando con Becka, pero mi hija parecía sentirse mejor cada vez que hablaba con ella, cada día más. Me aseguró que no era feliz desde hacía mucho, y le pregunté cuánto tiempo llevaba así. Me contestó que ya ni se acordaba, pero también que no le gustaba Trey, y yo le dije: «Bien, cariño». Me contó que hablaba por teléfono con su terapeuta dos veces a la semana; lo pagaba William, y Becka a veces citaba frases de la terapeuta. Ya había visto antes a esa especialista y había vuelto con ella. De repente recordé que, cuando Becka veía a esa mujer años antes —después de que su padre y yo nos separásemos—, un día me dijo: «Lauren dice que has dejado que papá te manipule». No lo entendí, pero nunca hablé del tema.

Un día, hablando por teléfono en Maine con Becka, me dijo:

—Mamá, Trey tenía celos de ti.

Y yo pregunté:

—¿En qué sentido, si se puede saber?

Y ella contestó:

—Por tu carrera. —Y añadió—: Es que su poesía es una mierda.

Y recordé lo incómoda que me sentía cuando iba con William, Estelle y David a una lectura de poesía de Trey, porque en el fondo pensaba que su poesía era muy mala, así que dije:

—Olvídate de él, Becka. Es un alivio.

Y Becka contestó:

—Él piensa que no eres más que una mujer blanca mayor que escribe sobre mujeres blancas mayores.

Y, la verdad, me dolió un poco.

—Y él es un joven blanco que escribe sobre... Bah, qué más da —repliqué.

Pero me sentó mal, y me dio vergüenza.

—Es un mamonazo —soltó William cuando se lo conté—. A Becka esto le ha salvado la vida, te lo aseguro.

Y seguramente así era. Saltaba a la vista que Chrissy y Michael se estaban portando muy bien con ella, pero, cada vez que hablábamos, Becka parecía distanciarse más de mí, y una noche reconoció:

—Mamá, esto es precisamente lo que necesitaba.

3

Y una mañana, cuando salí a andar, vi un diente de león de un amarillo muy vivo al borde del sendero de entrada, al pie de la cuesta. Me quedé mirándolo; no podía dejar de mirarlo. Me agaché para tocar la suave corola. Pensé: ¡madre mía! A partir de entonces empecé a ver más y más dientes de león en mis paseos.

En los márgenes del largo camino de tierra junto al que vivíamos cuando era niña crecían dientes de león, y un día, cuando todavía era muy pequeña, recogí un ramillete para mi madre, que se puso furiosa porque me había manchado el vestido nuevo que acababa de hacerme. Pero, después de tantos años, aún se me desbordaba el alma de admiración.

Bob Burgess volvió a aparecer, en esta ocasión con su mujer, Margaret, que al principio me puso nerviosa, supongo que porque ella estaba nerviosa. Todavía hacía frío, pero caía una franja de sol sobre la hierba en la que teníamos las sillas plegables. Margaret y Bob, con sus mascarillas caseras, vinieron justo después de comer, así que William estaba en casa, y nos sentamos los cuatro en el pedacito de césped —yo estaba helada, a pesar del abrigo nuevo—, con mucha distancia entre las sillas. Margaret era una mujer sin formas definidas —o sea, parecía informe con el abrigo puesto—, pero tenía unos ojos increíbles, muy vivaces detrás de las gafas, e incluso con la mascarilla notabas su energía saliendo a raudales. Estábamos a principios de mayo, pero todavía hacía mucho frío. Me preguntó si necesitaba algo, y le contesté:

—No, gracias.

Y de repente dijo:

—Me intimidaba un poco conocerte.

Sorprendida, repliqué:

—¿Intimidar a alguien, yo? Pero, Margaret, si yo solo... Solo soy yo.

—Sí, ya lo veo —dijo, y eso me confundió.

Quería hablar con Bob, como William, y no que Margaret se me pegara. Pero me preguntó por mis hijas, con los ojos relucientes, así que le conté lo del marido de Becka y que ella, Chrissy y Michael estaban juntos en Connecticut, y Margaret daba la impresión de prestar atención de verdad, vi que me prestaba atención, y respondió justo como debía. No recuerdo lo que dijo, pero sí que pensé: sí, está de verdad aquí, conmigo.

Me dijo que era pastora de la Iglesia unitaria, y le pregunté en qué consistía eso, y me contó todo lo que hacía, que el grupo de Alcohólicos Anónimos tuvo que dejar de reunirse los martes por la noche, que habían empezado a hacer las reuniones por Zoom, aunque ella opinaba que no era tan efectivo, y me explicó cómo celebraba los servicios religiosos por Zoom. Era interesante pensar en su vida, aunque yo no podía hacerme realmente una idea de ella.

Se quedaron una hora y después se levantaron para marcharse. Bob preguntó:

—¿Qué te pareció la tormentita de nieve, eh, Lucy?

Y yo contesté que no me había gustado nada.

—Yo no lo soporto —me aseguró Bob—. No puedo soportar esas cosas cuando se presentan en mayo, por Dios.

—Bob tiene tendencia a ser negativo —aclaró Margaret.

Pero lo dijo con buena cara, dándole una palmadita en el hombro. Reconocí que yo seguramente también tenía esa tendencia.

Esa noche no pude dormir. No me tomé el somnífero porque daba igual que durmiera o no, y no me sentía especialmente incómoda despierta en la cama, pensando en Becka, y también en Bob Burgess. Oí levantarse a William y supuse que iba a bajar a leer, como hacía algunas veces cuando no podía dormir, pero se paró en mi puerta —siempre dejábamos abiertas las puertas de nuestras habitaciones— y susurró:

—Lucy, ¿estás despierta?

Me incorporé en la oscuridad y contesté que sí.

William entró en la habitación y se sentó en el borde de la cama. Apenas entraba un rayito de luz de luna y no le veía bien la cara, pero comprendí inmediatamente que estaba angustiado.

—Lucy —dijo. Y nada más. Así que acabé por hablar yo.

—¿Qué te pasa, Pill?

—¿No quieres saber qué le escribí a Lois Bubar?

Me enderecé un poco.

—¡Dios mío, siento mucho no haberte preguntado! Me había olvidado con lo de Becka. ¡Lo siento! Cuéntame qué le escribiste.

William fue a por su ordenador y volvió a sentarse en el borde de la cama. No recuerdo con exactitud lo que me leyó, pero estaba muy bien escrito y acababa diciendo que ahora pensaba que había vivido como un muchacho y no como un hombre de verdad, y que lamentaba que fuera así. «Supongo que muchos de nosotros tenemos remordimientos, pero mis remordimientos parecen aumentar con la edad», decía. Y terminaba asegurando que sentía muchísimo que su madre no le hubiera contado que tenía una hermana, que le parecía casi imperdonable y que lo lamentaba profundamente. Y que él también le deseaba lo mejor.

Me miró con expresión avergonzada y expectante.

—Es precioso —dije—. Un correo realmente bonito. ¿Te ha contestado?

—Sí. Esta noche.

Volvió a leer en el ordenador. Lois le escribía en un tono sumamente educado; afirmaba que lo comprendía, que William no tenía la culpa de que su madre hubiera actuado como lo había hecho. «Siento una profunda pena por ella hoy en día —decía Lois—. Comprendo que lo consideres imperdonable, pero espero que entiendas que yo ya no siento lo mismo. Tu madre (nuestra madre) sabía que yo estaría bien atendida, y así fue». Y Lois acababa así: «Espero que no te importe que me despida con cariño. Con cariño, Lois, tu hermana».

—¿En serio? ¡Qué bonito, William! —Y añadí—: Contéstale enseguida y dile que estás encantado de que se despida con cariño, y despídete tú también con cariño. O lo que sea.

—Sí, sí, lo haré.

Se quedó allí sentado en la penumbra, mirando el ordenador cerrado.

—¿Qué pasa? —pregunté.

Me miró en la penumbra.

—No, nada. Que me doy asco.

Esperé, observándolo, pero no añadió nada más.

—¿Por Pam Carlson y Bob Burgess? ¿Se enteró Bob de lo tuyo con Pam?

Y William contestó:

—No, ella no se lo contó. Andaba bastante suelta por entonces...

—Como tú —dije, pero sin mala intención. No tenía malas intenciones al decirlo.

—Ya lo sé, ya lo sé. —William se atusó el pelo—. Es buen tío, ¿no?

—A mí me encanta.

—Lo sé. Ya me lo has dicho. —Después añadió, y pensé que era un poco raro—: Ojalá yo me hubiera parecido más a él.

—¿Te hubiera gustado casarte con Margaret y quedarte aquí, en Maine?

Y contestó con calma:

—No, ya sabes a qué me refiero. Veo a Becka viviendo este infierno, y es lo mismo que yo te hice a ti.

Reflexioné unos segundos.

—A ella le va mucho mejor que a mí entonces. —Parecía verdad. Añadí—: Pero pienso que a lo mejor hace mucho tiempo que Trey ha dejado de gustarle de verdad.

Pensé sobre eso, y evidentemente William también, porque dijo:

—Así que ¿seguí gustándote cuando lo descubriste?

—Claro que sí. Te quería.

William dio un suspiro tremendo.

—Ay, Botón.

—Pillie, no tenemos por qué seguir con esta conversación.

70

—Vale —concedió William. Y añadió—: Oye, ¿a que no sabes en quién me ha dado por pensar hoy, así de repente? En los Turner. ¿Te acuerdas de ellos?

—Sí, y creo que decían que ella tuvo una crisis nerviosa...

Y seguimos hablando. Hablamos durante horas, William sentado a mi lado en la cama; hablamos de la gente que habíamos conocido cuando estábamos juntos, de lo que había sido de ellos. Hasta que al fin nos cansamos.

—Vete a dormir.

William se levantó.

—Qué bonita conversación, Lucy.

—Sí, estupenda —dije yo, y casi noté que los dos sonreíamos mientras él volvía a la habitación de al lado, la suya.

4

Llegué a conocer las mareas; quiero decir que llegué a comprender cuándo subían y bajaban, y eso me consolaba. Contemplaba las aguas encrespadas cuando la marea subía, rompiendo sin cesar con sus remolinos blancos contra las rocas oscurecidas allá abajo, y también contra las dos islas de enfrente, y algunos días observaba el mar cuando parecía —fugazmente— casi plano, y contemplaba la marea al bajar, cuando dejaba al descubierto rocas mojadas y algas cobrizas. Cuando miraba al frente no veía nada en el horizonte más allá de las dos islitas: tan lejos llegaba el mar. Observé que el color del cielo solía coincidir con el del mar: si el cielo estaba gris —con frecuencia—, el mar también parecía gris, pero, cuando el cielo era de un azul radiante, el mar parecía de color azul, o a veces verde intenso si había sol y nubes. El mar me ofrecía un enorme consuelo, por alguna razón, y aquellas dos islas siempre estaban allí.

La tristeza subía y bajaba dentro de mí como las mareas.

71

Pero Becka parecía distanciarse de mí. Me daba la impresión de que incluso me evitaba. Si la llamaba yo, ella no me devolvía la llamada hasta un par de días después. Cuando al fin hablaba conmigo, tenía un tono apagado. «Mamá, estoy bien, de verdad. Haz el favor de no preocuparte tanto por mí», insistía. Se me llenaba el corazón de pesadumbre, como si le hubieran puesto encima un trapo sucio y mojado.

Pero, naturalmente, estaba pasando el duelo por el fracaso de su matrimonio, por muy desgraciada que hubiera sido en él: al fin se me ocurrió esa idea. Y pensé: Lucy, mira que eres tonta por no haberte dado cuenta antes.

Y Elsie Waters se me apareció en un sueño. Estaba inquieta, pero seguía siendo la misma. Venía a ver qué tal me encontraba yo, y, al comprobar que estaba bien, asintió con la cabeza, dio media vuelta y salió por la puerta. Comprendí que la puerta era la muerte, pero ¡cuánto me alegré de verla! Cuando le conté el sueño a William, no dijo nada. Me fastidió que no tuviera nada que decir.

Todas las noches veíamos las noticias en la televisión, y por el día yo las leía en el ordenador. Esto acabará, no dejaba de pensar. Esto tiene que acabar. Y cada noche comprobaba que no había acabado y que nada indicaba que fuera a acabar.

Le pedí a William que me explicara lo del virus, por qué se había descontrolado tanto y por qué no podían pararlo y por qué no sacaban una vacuna inmediatamente, y me lo explicó. Añadió que a él le parecía que tenía que haber un factor genético, que los genes de una persona determinaran si el virus podía atacarla de una forma grave o no. Esa podría ser la razón de que estuviera afectando a la gente de maneras tan diferentes.

Fui pasando los días; no sé cómo, pero los fui pasando.

Pero tengo que decir una cosa:

A veces, cuando William estaba sentado a la mesita en un rincón del salón haciendo el rompecabezas del retrato de Van Gogh, de repente me sentaba enfrente de él —detesto los rompecabezas, como ya he dicho—, y a lo mejor encontraba un trocito de pómulo, por ejemplo, y lo ensamblaba en la figura inacabada. William asentía con la cabeza y decía: «Muy bien, Lucy», y yo pensaba: no soy desgraciada.

5

Una mañana, justo cuando salía a andar, vi que Bob Burgess subía por el sendero de entrada. Sacó la cabeza por la ventanilla y preguntó:

—¿Cómo está mi amiga la negativa?

Y yo contesté:

—¡Bob, ven conmigo a dar un paseo!

Aparcó el coche y echamos a andar; él iba más despacio que yo. No era un hombre menudo, como ya he dicho, y andaba con las manos en los bolsillos de los vaqueros, unos vaqueros holgados, tristones. El cielo estaba azul, pero a veces las nubes tapaban el sol, que luego volvía a salir con su amarillo deslumbrante.

—Chica, cómo echo de menos Nueva York —me dijo Bob ese día.

—¡Y yo! —exclamé.

Bob me contó que en esta época del año era cuando solía ir a ver a su hermano Jim, que vivía allí, y que a veces también veía a Pam. Había conocido a Pam en la Universidad de Maine, en Orono. Pam era de un pueblo de Massachusetts. Bob volvió la cara hacia mí y dijo, con ojos risueños:

—Nevó el 29 de septiembre de nuestro último año en la universidad, y yo dije: Pam, vámonos de aquí. Nos fuimos a Nueva York justo después de la graduación. Ah, Lucy —añadió, moviendo lentamente la cabeza—. Éramos unos críos.

—Lo entiendo. Sí.

Y después me contó otra vez que se había criado en la pobreza. «Aunque no era tan pobre como tú». Ese día me habló de la muerte de su padre. Bob tenía cuatro años, y su hermana gemela, Susan, su hermano mayor, Jim, y él estaban en el coche en lo alto del sendero de entrada, y mientras el coche se calentaba su padre bajó a abrir el buzón del correo. El coche rodó por el sendero y arrolló a su padre, que murió.

—Toda la vida había pensado que lo había hecho yo. Pensaba que era yo el que estaba enredando con la palanca de cambios. Mi madre también lo pensaba, y fue supercariñosa conmigo, yo creo que a consecuencia de eso. Incluso me llevó a un loquero, y te aseguro que por entonces nadie iba al loquero, pero el hombre no pudo hacer nada por mí, porque me negaba a hablar.

Y a continuación me contó que hacía solo quince años que su hermano —Jim era mayor y aseguraba que recordaba el accidente mejor que Bob— le había confesado que había sido él, Jim, quien había jugueteado con las marchas, que Bob estaba en el asiento trasero con su gemela, Susan, y que no lo había contado nunca. Bob movió la cabeza.

—Me jodió cuando me lo contó.

—¡Madre mía! Ya me lo imagino.

¡Ah, qué bien lo pasamos en ese paseo! Yo le hablé de David, le conté que tocaba el chelo en la Filarmónica, y cómo lo habían echado de la comunidad judía jasídica cuando tenía tan solo diecinueve años, le conté muchas cosas, y él volvía la cabeza para escucharme, con sus ojos bondadosos por encima de la mascarilla. Cuando le confesé que algunos días me sentía como si acabara de enviudar, se paró, me tocó fugazmente un hombro y dijo:

—Pues claro, Lucy. Es que acabas de enviudar, por Dios.

Reanudamos el paseo.

—A mí se me hace aún más raro estar aquí.

Bob asintió con la cabeza.

—Explícame cómo exactamente.

Así que le conté que me resultaba extraño estar ahí con William —aunque no siempre era extraño, añadí, con lo que era todavía más extraño— en lugar de en Nueva York, y no saber cuándo iba a cambiar algo. Bob me miró de reojo mientras seguía andando con su paso lento y dijo:

—Te estoy escuchando, Lucy.

Nos sentamos en el banco desde el que se veía la calita, él en un extremo y yo en el otro, a una distancia de casi dos metros, y el sol volvió a alumbrar con su esplendor amarillo.

—¿Te importa que fume? —Bob sacó un cigarrillo del paquete y se bajó la mascarilla hasta la barbilla—. Espero que no te moleste. —Y añadió—: Margaret cree que lo dejé hace años, cuando nos casamos, pero esta pandemia... No sé, supongo que me pone nervioso, y de vez en cuando necesito fumar.

Le aseguré que no me importaba en absoluto, que me gustaba el olor del humo, y es verdad: siempre me ha gustado. Y Bob dio unas caladas tan ávidas a ese cigarrillo que mi corazón se rindió aún más. Dos gaviotas bajaron hasta el muelle y volvieron a alejarse hacia el cielo.

Mientras estábamos allí sentados, pensé en el hermano de Bob, Jim, y en lo famoso que se había hecho como abogado de Wally Packer, el cantante de soul al que acusaron de matar a su novia. Fue un juicio tremendo que siguió todo el país, y Jim consiguió que lo absolvieran.

—Jim sabía desde el principio que Wally Packer era inocente, ¿no?

Y Bob me miró. Sin la mascarilla pude ver claramente su expresión, de gran ternura. Levantó un brazo como para tocarme el hombro, pero no llegó a tocarlo y volvió a bajarlo. Después dijo:

—¡Ay, Lucy, qué mona eres!

Me dio vergüenza.

—O sea ¿que era culpable? ¿Y Jim lo sabía cuando estaba defendiéndolo?

Bob aspiró una profunda bocanada, mirándome con sus ojos bondadosos, y exhaló el humo por la comisura de los labios.

—Lucy, yo también era abogado, y sospecho que Jim hizo lo que hacen todos los abogados. Sospecho que no le preguntó a Wally si era culpable o inocente.

—Vale. Gracias por ser tan amable. Soy imbécil, Bob. Siempre he sido imbécil con el mundo.

Y Bob replicó:

—No eres imbécil con el corazón humano, Lucy. Y no creo que seas imbécil con el mundo. —Guardó silencio unos segundos y continuó—: Pero sé a qué te refieres. A mí me pasa un poco lo mismo.

Cuando volvíamos a la casa, vimos a Tom sentado en su escalera. Agité los dos brazos.

—¡Hola, Tom!

—Hola, dielo. —Saludó a Bob con la cabeza y dijo—: Señor Burgess.

—Hola, Tom —contestó Bob, y seguimos andando por la carretera.

—¿Lo conoces? —pregunté.

Bob me miró de reojo.

—Sí. Sospecho que fue él quien puso el cartel de «Largaos, neoyorquinos» en vuestro coche.

—No, no fue él. Siempre hemos sido amigos. —Pero de repente recordé que el cartel ya estaba en el coche el primer día que hablé con él—. ¿En serio?

Bob siguió andando sin responderme.

—Bueno, ¿qué más da? —dije—. Tom y yo ahora somos amigos.

Los ojos de Bob me sonrieron por encima de la mascarilla.

—Vale, Lucy.

Habíamos llegado a su coche.

—Tenemos que repetir —dijo Bob.

Así que Bob y yo fuimos a pasear otra vez a la semana siguiente. Y, ante la llegada repentina de la primavera —¡qué rapidez!—, Bob dijo que Margaret quería venir a pasear con William y conmigo. William y yo fuimos al pueblo en el coche y después seguimos a Bob y Margaret, que iban en el suyo, hasta el paseo del río, donde tendríamos más espacio para los cuatro.

—Haz el favor de no dejarme con Margaret todo el rato —le pedí a William mientras íbamos hacia allí.

Me miró de reojo.

—Creía que te caía bien.

—¡Y me cae bien! —exclamé—. Pero no quiero que se me pegue.

Margaret andaba deprisa, como William, y se nos adelantaron, pero, francamente, eso me gustó: fue una mañana muy agradable. El paseo era un sendero alquitranado a la orilla del río, que ese día destellaba al sol; al fin habían empezado a salir las hojas y reinaba una sensación de verdor y luz. Pensé que los árboles parecían chicas jóvenes, con una belleza incipiente. Y aquí y allá, en las zonas de hierba, había dientes de león.

Margaret se detuvo a hablar con varias personas con las que nos cruzamos, y vi que les preguntaba, con los ojos relucientes, por sus madres, sus hijos y cosas por el estilo. Al fin y al cabo, era pastora de la iglesia, y parecía desempeñar bien su tarea. Vi que era una persona realmente buena, es lo que quiero decir.

6

William siguió yendo a la atalaya, casi siempre por las tardes. A la vuelta parecía abatido. Yo se lo notaba, pero no sabía qué decirle, y, como él tampoco decía nada, no le preguntaba.

No sabía qué sentía por William. Mis sentimientos cambiaban, subían y bajaban como las mareas. Pero muchas veces William no estaba del todo presente, y me recordaba a cuando estábamos casados y tenía esa sensación con frecuencia. A veces, cuando yo quería hablar —siempre me ha gustado hablar—, él dejaba el ordenador y preguntaba con un gesto de impaciencia: «¿Qué pasa, Lucy?». Y a mí me sentaba fatal, así que contestaba: «Nada. Olvídalo». Él volvía a hacer un gesto de impaciencia y replicaba: «Venga ya, Lucy. Querías decirme algo, así que dímelo».

Y a lo mejor le contaba que Tom solía sentarse a fumar en la puerta de su casa. «¿Lo has visto? ¿Sabes a quién me refiero?». William asentía con la cabeza. «Me cae muy bien», comentaba yo. Y ya no era capaz de continuar, porque saltaba a la vista que William se aburría. Incluso cuando le conté que Bob había insinuado que era Tom quien había puesto el cartel en nuestro coche, William simplemente se encogió de hombros.

En esas ocasiones no lo soportaba.

Pero en otros momentos, a menudo antes de subir a nuestras habitaciones, se ablandaba y hablaba conmigo cordialmente. Yo pensaba: su mujer lo dejó el año pasado, lleva varios meses sin ver a sus hijas, estamos en plena pandemia, ya no puede trabajar de verdad. Ten paciencia con él, Lucy.

¡Pero de repente esto!

Una noche estábamos sentados juntos en el salón —William escribía en su ordenador— y le pregunté:

—William, ¿siempre te has lavado los vaqueros con tanta frecuencia?

Dejó de teclear y miró al frente. Cerró el ordenador de golpe, o eso me pareció, y miró la oscuridad por la ventana. Después me observó a mí de soslayo y dijo:

—Lucy, me quitaron la próstata. Me diagnosticaron cáncer de próstata a finales de octubre. Me enteré unas semanas después de que fuéramos a Gran Caimán. Y me operé.

Esperé un momento y pregunté en voz baja:

—¿Te operaste?

William se arrellanó en la silla y se puso a mover una pierna, que tenía cruzada sobre la otra.

—Pues sí. Y fui al que supuestamente era el mejor especialista y me hizo una chapuza, Lucy.

—¿Cómo que te hizo una chapuza?

William se pasó una mano por el bajo vientre.

—Que ya no funciona. Se acabó. No me sirve de nada ninguna pastilla. El cabrón del cirujano me dijo, todavía en la sala de reanimación: «He tenido que cortar el nervio». Y entonces lo entendí. —Añadió—: A veces todavía me hago un poco de pis encima.

Me quedé mirándolo. Al fin le pregunté:

—¿Lo saben las chicas?

Respondió sorprendido que no, que no se lo había contado.

—¿Tenías cáncer y no nos lo contaste?

—No me juzgues, Lucy.

—No, no —me disculpé—. No es eso, pero lo siento mucho, William. ¡Dios mío, cuánto lo siento! William, esto es...

Y levantó una mano como para hacerme callar.

Me callé.

Pero William se puso de pie al poco rato y anunció:

—Sin embargo, tengo una buena noticia.

—¿Qué?

Fue a la nevera y sacó una manzana.

—Bob Burgess me llevó a su médico, y tengo el PSA bien. Me enteré el mes pasado. Tenía que hacerme la prueba y estaba preocupado, pero resulta que está bien. —Le dio un mordisco a la manzana—. De momento.

No pude dormir esa noche. No dejaba de pensar en William y en que había tenido cáncer y le habían quitado la próstata y no se lo había contado a nadie. «¿A nadie?», le había preguntado cautamente, y me contestó que Jerry había estado con él en el hospital, y después, cuando volvió a casa. Le pregunté, titubeante, si Estelle lo sabía, y dijo que no, que para qué iba a contárselo.

Ay, William, pensé. Ay, por Dios, William.

¡Qué mal trago tuvo que pasar, y encima él solo!

Y que el bueno de Bob Burgess lo hubiera ayudado... ¡Ay, Bob!, pensé. ¡Ay, William!

No es de extrañar que a William le trajera sin cuidado mi sueño con Elsie Waters. No es de extrañar que muchas veces no me hiciera caso. ¡Con lo que había tenido que pasar! Frotándose el bajo vientre con una mano, había dicho: «Se acabó».

¿William acabado?

Ay, William. Ay, Dios mío. William.

7

Y poco después de mediados de mayo ocurrió lo siguiente: la historia del segundo rescate.

William acababa de colgar a Bridget y estábamos a punto de cenar cuando volvió a sonar su teléfono: en la pantalla vi el nombre, CHRISSY. Me senté a la mesa mientras hablaban. William tenía cara de preocupación.

«Entonces ¿a qué hora llegarán a Connecticut? —Escuchó y añadió—: Pero dile a Michael que les diga que se vayan a un hotel. —Y después—: De acuerdo, yo lo llamo. —Siguió escuchando y preguntó—: Bien, y ella ¿dónde vive? No está lejos. Vale. Dame el teléfono de Melvin. Adiós, Chrissy».

William se puso a dar vueltas y de repente descargó un puñetazo en el brazo del sofá.

—¡Me cago en todo! —dijo. Se sentó a la mesa y me miró—. Melvin y Barbara vuelven de Florida mañana. Se lo han dicho a los chicos hoy. Resulta que hace demasiado calor para que Melvin juegue al golf y se vuelven a casa. Ha estado en restaurantes y en el club de golf, y la imbécil de Barbara ha jugado al bridge en su puto club... ¡Maldita sea, Lucy! Saben que Michael tiene asma. ¿Cómo pueden ser tan imbéciles?

No dije nada. No sabía qué decir. Al fin pregunté:

—¿Quieren que se vayan los chicos?

—No, ¡qué va! Piensan vivir allí todos juntos como una familia feliz... hasta que pillen todos el covid.

—Pero ¿no van a quedarse en un hotel un par de semanas a pasar la cuarentena?

—Por lo visto, no es eso lo que tienen pensado —contestó William.

Unos minutos más tarde llamó Michael para darle a William el número del móvil de su padre, y oí a Michael hablar con tranquilidad. «No es culpa tuya —dijo William—. Ya hablaremos».

Pero Melvin no contestó al móvil. William le dejó un mensaje que venía a decir algo así como «Melvin, has sido un abogado excelente toda tu vida, pero yo soy científico y te pido que guardéis cuarentena dos semanas antes de ver a los chicos. Tu hijo tiene asma, algo no muy conveniente en las actuales circunstancias. Vete al piso de tu suegra. Michael dice que está vacío. Y llámame, por favor».

No sé por qué no había pensado en la madre de Barbara, que seguía viva. Vivía a pocos kilómetros de Melvin y Barbara, sola con dos cuidadoras que iban a atenderla; su piso tenía un único dormitorio y las cuidadoras dormían en el sofá: eso lo recordaba. Pero William me dijo que se había ido a un piso tutelado justo antes de la pandemia y que su casa aún no se había puesto a la venta.

Melvin no llamó.

Después de cenar nos quedamos en silencio en el salón hasta las ocho; entonces William se levantó y dijo: «Mira, Lucy, mañana nos vamos a Connecticut. Son nuestros hijos, Michael es nuestro hijo. Mea todo lo que tengas que mear antes de salir, porque no vas a entrar en ningún baño público durante todo el camino. Nos llevaremos unos sándwiches ya preparados y saldremos a la cinco de la mañana. Te aconsejo que tomes una pastilla para dormir, porque tendrás que ayudarme a conducir en el camino de vuelta. Yo me voy a tomar media pastilla».

Le pregunté si Estelle iría hasta allí con Bridget para vernos; negó con la cabeza y levantó una mano para hacerme callar.

Salimos disparados a las cinco de la mañana. William se levantó a las cuatro y media, salió y volvió a colocar las placas de matrícula de Nueva York en el coche a la luz del porche. Recorrimos tranquilamente gran parte del camino, y yo incluso me quedé dormida unos minutos. Cuando me desperté, el sol se colaba a raudales por entre los árboles. A medida que bajábamos hacia el sur, los árboles eran de un verde más oscuro que en Maine, y hacía un día precioso. No había mucho tráfico. Paramos en un área de descanso y nos comimos los sándwiches que yo había preparado, uno cada uno, y después William meó en el bosque, y yo también.

Cuando llegamos a Connecticut y entramos en el pueblo —un pueblo pequeño del sur—, William me tiró una mascarilla y me ordenó: «Ponte esto». Me la puse. En gran parte del pueblo las casas eran pequeñas, normales y corrientes, pero la calle en la que vivían Melvin y Barbara estaba bordeada de árboles enormes, con todas sus hojas brillando resplandecientes al sol. Y, justo antes de entrar en el sendero —la casa era grande, apartada de la carretera, con cierto aire Tudor—, William paró el coche y también se puso una mascarilla. Después llamó a Chrissy.

—Ya estamos aquí —dijo cuando Chrissy contestó, y la oí gritar:

—¿Dónde? ¿Estáis aquí? Papá, ¿estáis aquí?

—Vamos, sal, porque nosotros no vamos a entrar —dijo William.

Y Chrissy salió. Me pareció increíblemente guapa, con el rostro radiante al ponerse la mascarilla. Michael iba detrás de ella, saludando con la mano, y después salió mi querida Becka: parecía tan diferente que apenas podía creerme que fuera ella. Le había crecido el pelo, hasta los hombros, y lo tenía algo rizado, había adelgazado un poco y parecía mayor.

—¡Becka! —grité, y ella sonrió.

—Hola, mamá.

—¡Chrissy! —¡Qué tremendos deseos de abrazarlas!—. Papá dice que nada de abrazos.

—Y tiene razón —admitió Chrissy, y me lanzó unos besos al aire.

Becka y Michael se pusieron las mascarillas que llevaban en la mano.

Y allí nos quedamos, los cinco, una situación muy rara.

Michael dijo que su padre había llamado hacía cinco minutos, que ya habían salido del aeropuerto.

—Muy bien —dijo William. Asintió y añadió—: Voy a hacer lo que pueda. Espero que me perdones, Michael, pero voy a hacer todo lo posible.

—Buena suerte —le deseó Michael con aire abatido.

—Lo sé —contestó William.

Yo no podía dejar de mirar a las chicas: parecían tan adultas, y también un poco incómodas, como si no supieran qué hacer con nosotros. Por eso dije:

—Vamos a sentarnos a la piscina.

Y nos fuimos a la piscina, todavía con la cubierta de cuando los padres de Michael se fueron a Florida, antes de la pandemia. Era como una cama elástica —la cubierta, quiero decir—, solo fijada al suelo con unos chismes como estacas. Pero había sillas de plástico alrededor; las colocamos muy separadas y nos sentamos. Becka tenía una mirada muy seria —¡ay, me partió el alma!—, pero por lo demás parecía bien. O quizá lo fingiera, no lo sé, aunque Becka nunca ha sido capaz de fingir, es lo que quiero decir. Yo me moría de ganas de hablar con cada una de las chicas a solas.

—Becka, cuéntame. ¿Qué tal estás? —pregunté.

—Estoy bien —respondió, y pensé: está mintiendo, pero me miró y vi en su cara (o creí ver) una madurez que antes no tenía, aunque con la mascarilla resultaba difícil saberlo—. Por favor, mamá, deja de preocuparte por mí. Estoy bien, de verdad.

Y se le pusieron los ojos muy brillantes cuando empezó a hablarme de su trabajo: me contó que había mucho que hacer, porque, con todos los colegios cerrados, había aumentado la violencia doméstica, pero que no se denunciaba lo suficiente, y también me contó cómo trabajaba con el ordenador con estas cosas. A pesar de lo mucho que me interesaba, no conseguía prestarle plena atención; solo podía observar sus ojos, y cómo se apartaba de golpe el pelo por encima del hombro, de una manera que yo no conocía. Y, sin embargo, seguía siendo Becka de la cabeza a los pies.

Y después Chrissy, que trabaja de abogada en la Unión Estadounidense por las Libertades Civiles, dijo que tenía un montón de trabajo, porque con los confinamientos había que tener cuidado con los derechos de la gente, y observé que William no le decía nada mientras hablaba. Pero al final dijo:

—¡Así se hace, Chrissy!

Una ligera brisa espantó una hoja verde de la cubierta de la piscina.

Le pregunté a Michael por su trabajo (es inversor), y respondió:

—Pues mira, es una puta locura lo que está pasando ahora mismo.

Y yo dije que lo comprendía.

Justo cuando lo estaba diciendo apareció un coche negro, y todos nos levantamos rápidamente y nos dirigimos a la glorieta de entrada. Al cabo de un momento Melvin salió del asiento trasero. Llevaba pantalones holgados verde irlandés y un polo rosa, y a continuación salió Barbara, más flaca que nunca, con un gorro de loneta. Melvin se quitó las gafas de sol, nos miró entrecerrando los ojos y exclamó:

—¡Pero qué...! —Esbozó una sonrisa—. ¡Eh, pareja!

Extendió una mano para estrechar la de William.

Siempre me ha caído bien Melvin. Tiene cierto atractivo, un aspecto juvenil, y me daba un poco de lástima que se hubiera casado con Barbara, que, desde que la conocía, no me parecía una mujer feliz.

William dijo:

—Hola, Melvin. Mejor no darnos la mano. Estamos en plena pandemia.

—¡Vaya pinta! —contestó Melvin, echándose a reír.

Sin las gafas, se distinguía el blanco de las patas de gallo, de lo moreno que estaba—. Pero si parecéis a punto de hacerle una cirugía a alguien, por Dios bendito.

William lo interrumpió.

—Vamos a hablar. —Y le indicó con la mano la zona de la piscina.

—Vale, vamos —accedió Melvin, con un leve movimiento de cabeza—. Pero qué raro me hacéis sentir, por Dios.

Volvió a ponerse las gafas de sol.

El chófer sacó las maletas y las bolsas de golf del maletero y las dejó apoyadas contra el coche.

William se quedó de pie y Melvin se sentó en una silla. Le pregunté a Barbara qué tal estaba y contestó que bueno, que bien, pero enseguida se fijó en Michael y le preguntó por él y por su hermano, que vivía en Massachusetts, y yo volví a mirar a las chicas, que parecían tensas, como yo, aunque nos dirigíamos miradas cómplices, intentando charlar.

Melvin echó hacia atrás su silla, ruidosamente, se levantó y dijo:

—De acuerdo, de acuerdo.

Pensé que estaría enfadado, pero volvió sonriente.

—¿Qué tal, Lucy? —me preguntó. Yo le respondí que bien. Después añadió, dirigiéndose a Michael—: Hijo, ¿por qué no vas a buscar la llave del todoterreno? Te lo agradecería. Y después os dejaremos en paz para no pegaros nuestros piojos de Florida.

Se dio la vuelta y nos dedicó una amplia sonrisa, abriendo los brazos con las palmas de las manos extendidas y agitando los dedos.

Michael entró en la casa, salió y le tiró una llave a su padre. Su padre la cogió al vuelo y yo me alegré: se notaba que le hacía sentirse viril. Michael fue al garaje, apretó un botón y la puerta se levantó frente al gran todoterreno negro. Melvin lo sacó marcha atrás, metió las maletas y las dos bolsas de palos de golf y le dijo a su mujer:

—Vamos.

—Adiós, Lucy —dijo Barbara.

—Chicos, nos vemos dentro de dos semanas —se despidió Melvin, y salieron por el sendero.

Allí nos quedamos, los cinco, todos muy serios. Se estaba levantando la brisa y se oía el susurro de las hojas en los árboles. Pensé que William parecía agotado: estaba pálido. Al fin Chrissy dijo:

—Gracias, papá. Muchísimas gracias, oye.

Y Michael dijo lo mismo. Becka guardaba silencio; parecía asustada. Así que solo nos quedamos unos veinte minutos más. Yo tenía la cabeza embotada. William batió palmas, como intentando animarse, y exclamó:

—¡Chicos, lo estáis llevando muy bien! ¡Y tenéis un aspecto fantástico!

Y era verdad. Hablamos un poco más, no recuerdo de qué.

Pero Becka me apartó de los demás unos segundos, levantó una mano para protegerse los ojos del sol y dijo:

—Mamá, ¿te acuerdas de que solíamos ir a Bloomingdale's? Pues Chrissy y yo estuvimos hablando el otro día de Bloomingdale's, que a lo mejor tiene que cerrar. Todavía no se sabe, pero hay muchos negocios que están quebrando. Pero decíamos que no importa que Bloomingdale's eche el cierre, porque, en realidad, es un sitio muy malo si te paras a pensar. O sea, mamá, toda esa ropa que hacen en el extranjero los niños por unos salarios terribles, y es tan materialista... Es increíble que nunca me parara a pensarlo, mamá. Pero es que da asco. Así que, cuando vuelvas a Nueva York, buscaremos otro sitio para ir de compras.

—Vale —contesté—. Me parece estupendo. Me apetece mucho. Estoy muy orgullosa de las dos.

Pero me sorprendió, me sorprendió de verdad.

Cuando volvimos con los demás, Becka se quejó:

—Ni siquiera podemos darnos un abrazo familiar.

Se echó a llorar, y yo intervine:

—Bueno, pero nos hemos visto...

Y Becka sollozaba sin cesar, y a mí me daba tal lástima que apenas podía soportarlo. Miré a Chrissy y recuerdo que pensé: es como William, pero no en mal sentido sino porque se controlaba.

—Becka, tienes una familia que te quiere mucho —dijo William—. Ahora tenemos que marcharnos, ha sido un día muy largo y nos queda un largo viaje por delante. —Levantó una mano—. Tened cuidado, todos.

Y Becka dejó de llorar.

En cuanto llegamos al coche, William me dijo que no le hablara, que estaba muy cansado, y cuando llegamos a Connecticut me pidió:

—Lucy, conduce tú. Estoy muerto.

Paramos, tomamos otro sándwich cada uno y después me puse al volante. William se quedó dormido, con la cabeza sobre el pecho. Me tenía preocupada, pero al llegar a la frontera de Nuevo Hampshire pareció espabilarse y dijo:

—Las chicas están estupendamente.

—Están fantásticas. —Y añadí—: ¿Qué le has dicho a Melvin, William?

William miró por su ventanilla, después al parabrisas y contestó:

—Bueno, lo dejé que se quedara a gusto llamándome imbécil (lo dijo en broma, claro, ya se sabe cómo es Melvin), y después le expliqué todos los detalles de la pandemia que, evidentemente, no conocía. Y, sin darle tiempo a que propusiera que se fueran a casa de la madre de Barbara, le dije que los chicos eran tres y allí había un solo dormitorio. Y después —William me miró con una media sonrisa— le conté que conocía a un periodista del *New York Times* al que le encantaría enterarse de que cierta persona, un abogado muy conocido, volvía de Florida y contagiaba a su hijo asmático simplemente por no creerse que podía contagiarlo. En ese periódico se frotarían las manos y sacarían un artículo enorme ya mismo. Eso es lo que le dije.

—Pues ha funcionado. —Pasados unos minutos le pregunté—: ¿Conoces a alguien en *The New York Times*?

—Por supuesto que no —respondió William.

Al entrar en Nuevo Hampshire, anuncié:

—¡Ah! Chrissy está embarazada.

—¿En serio? —William me miró—. ¿Te lo ha contado y me lo dices ahora?

—No me lo ha contado. Acabo de darme cuenta.

—¿Quieres decir que has tenido una visión?

Reflexioné un poco y contesté:

—No, no ha sido una visión, pero creo que está embarazada, William, y esa es una de las razones por las que parece tan distinta.

—¿Por qué no se lo preguntaste?

Lo miré de reojo.

—Me lo habría contado si quisiera que lo supiera. Y, como ya tuvo un aborto, a lo mejor no quiere que se sepa hasta que esté más avanzado el embarazo.

—Espero que tengas razón —dijo William. Y añadió—: Pero ¡mira que traer otro niño a este mundo...!

Al cabo de un rato llegábamos a Maine. Y entonces sí que tuve una visión. En realidad, me había sobrevenido en cuanto vi a Melvin salir del coche: fue como si, muy fugazmente, lo rodeara un halo de oscuridad, y yo llevaba algún tiempo sin tener visiones, pero esa especie de halo se me apareció nada más verlo y se repitió mientras seguíamos el viaje, y ahora, de repente, era como si un pájaro oscuro pasara volando por delante del limpiaparabrisas, tan veloz que casi se esfumó en el mismo instante.

—Melvin tiene el virus —anuncié.

Esa noche hubo tormenta. Empezó justo cuando llegábamos a Crosby, y fue prodigiosa. Fue magnífico estar en aquella casa oyendo la lluvia sobre el tejado y viendo los relámpagos que iluminaban el mar. El restallido del trueno después de cada relámpago cruzando el agua era una preciosidad, es lo que quiero decir. Nos sentamos en el sofá, cogidos de la mano —sin apretarlas—, y la tormenta me hizo sentirme mejor, no sé por qué. Quizá también hiciera sentirse mejor a William, no estoy segura: parecía distante. Pero estaba agotado. Y yo también. Le conté lo que me había dicho Becka sobre Bloomingdale's y su materialismo y que las cosas que vendían se hacían en el extranjero muy baratas.

—Me ha sorprendido.

—Bueno, lo dice porque es joven —dijo William.

—No es tan joven —repliqué, y él contestó que ya lo sabía.

Después añadió, mirando la ventana:

—Pero lo que dice es verdad.

Cuatro días después de volver a casa, Melvin ingresó en el hospital: tenía el virus y estuvo ingresado diez días. Barbara también lo tenía, pero no necesitó ir al hospital. La madre de Barbara pilló igualmente el virus, en el piso tutelado en el que vivía, aunque no la mató. Melvin y Barbara siguieron viviendo en casa de la madre de ella, y la misma mujer que había ayudado a la madre de Barbara fue a ayudarlos a ellos.

—¡Dios mío! —exclamé cuando llamó Chrissy para contárnoslo, y le pedí que me pasara a Michael, que parecía muy apagado.

—William hizo bien no dejándolos entrar en la casa, Lucy —dijo, y pensé que era amable por su parte, porque su padre acababa de estar muy enfermo.

Me puse a dar vueltas por la casa, pensando: ¡Melvin ha estado a punto de morir! Aunque sabía que era verdad, no podía creérmelo.

8

Una noche pusieron en las noticias un reportaje sobre Bangladesh y los talleres donde se confeccionaba la ropa. A los trabajadores ni siquiera les daban mascarillas, y, además, muchos habían perdido su trabajo porque nadie compraba ropa, pero las imágenes de esas chicas tan jóvenes, apiñadas en habitaciones enormes, intentando cortar trozos de tela lo más rápido posible...

Me hizo comprender que Bloomingdale's era exactamente lo que decía Becka, un sitio en el que se ponían de manifiesto situaciones muy malas, y nosotras, las tres, habíamos ido allí inocentemente, como tontas, y habíamos disfrutado como si pudiéramos hacerlo eternamente, deambulando sin prisa por la sección de zapatería como si no hubiera mejor cosa que hacer en el mundo.

Esa noche no podía dormir, mi cabeza iba de un lado para otro, como siempre me pasaba en noches así. Recordé lo siguiente:

Años atrás, en Nueva York, daba clase en una universidad popular y había un señor, mucho mayor que yo, que también daba clase allí. Se jubiló poco después de que empezara yo. Era un hombre simpático, de cejas tupidas, y muy callado, aunque al parecer yo le caía bien y a veces hablábamos en los pasillos. Me contó que su mujer tenía alzhéimer, y que él no recordaba la última palabra que ella había pronunciado, porque se había vuelto paulatinamente más silenciosa hasta que al final guardaba silencio absoluto. Y ese hombre, su marido, no recordaba sus últimas palabras.

Y pensar en esto me hizo caer en la cuenta de algo que ya había pensado con frecuencia: en la última vez que había cogido en brazos a las chicas, cuando eran pequeñas. Muchas veces me había llenado de tristeza comprender que nunca sabes cuándo cogerás a un niño en brazos por última vez. A lo mejor dices: «Venga, cariño, que ya eres demasiado grande para que te aúpe», o algo parecido, y luego no vuelves a auparlo nunca.

Y vivir con esta pandemia era igual. No sabías.

Libro segundo

Uno

1

Hacia finales de julio tuve un ataque de pánico descomunal, a consecuencia del cual cambiaron muchas cosas en mi vida. Se produjeron cambios enormes.

Pero permítanme que mencione algunas cosas tristes que ocurrieron antes, algunas incluso terribles, y otras buenas, incluso maravillosas, que también sucedieron.

La primera cosa terrible que ocurrió fue la siguiente:

Un día, a finales de mayo, un policía estuvo nueve minutos y veintinueve segundos presionando con la rodilla el cuello de un hombre negro. El hombre se llamaba George Floyd. En el vídeo se oye a George Floyd decir: «No puedo respirar, no puedo respirar», mientras el policía, con cara inexpresiva, sigue apretando con la rodilla el cuello de ese hombre, George Floyd, que murió.

Esto ocurrió en Minneapolis. Las protestas comenzaron allí y se extendieron por muchas ciudades del país, incluso del mundo entero: noche tras noche veíamos las manifestaciones en la televisión, y a veces las llamas llegaban hasta el cielo nocturno y la gente rompía escaparates. Grandes multitudes protestaban por el asesinato de otro negro inocente, George Floyd.

Pensé: Dios mío, se van a poner todos enfermos. Pero había algo más: comprendía de verdad la rabia.

Noche tras noche veíamos la televisión: Portland, en Oregón, estaba especialmente revuelta. A los manifestantes los amenazaban otros manifestantes, y la policía también estaba metida. Daba muchísimo miedo. En Nueva York la gente se echaba a la calle un día sí y otro también. En medio de estos acontecimientos, yo sentía desesperación y esperanza a la vez. Parecía como si el racismo de este país hubiera reventado de golpe, salpicándolo todo. ¡Pero a la gente le importaba! A muchos les importaba.

Recordé esto: unos años antes, cuando William y yo estábamos casados, un joven negro —se llamaba Abner Louima; lo miré en internet para refrescarme la memoria tras la muerte de George Floyd— había sido detenido en Nueva York, y uno de los policías que lo había detenido lo sodomizó con el palo de una escoba en la comisaría. Reaccioné de una forma muy intensa: aún puedo ver la cara del joven, quiero decir Abner Louima, a quien le ocurrió esto. Concedió una entrevista desde el hospital, y tenía un rostro simpático, un rostro encantador. Y el policía que le había hecho esa barbaridad vivía con su madre en Staten Island. Aborrecí a aquel hombre, aborrecí su cara, sin el mínimo asomo de remordimiento, inexpresiva. Y recuerdo haber sentido el deseo de abofetearlo, que, como ya he dicho, es algo que me asusta. Me refiero al deseo.

Nunca he golpeado a otro ser humano.

Pero he sentido esos deseos, ocultos en lo más profundo de mi ser.

Y un día Becka me envió un mensaje de texto: «No se lo cuentes a papá, pero vamos a las manifestaciones de New Haven. ¡No te preocupes, tomamos precauciones!».

La llamé inmediatamente, pero no me respondió.

No se lo conté a William. Pensé en cómo había ido a Connecticut para intentar salvarles la vida y en cuánto le preocuparía ahora —como a mí— que estuvieran en medio de multitudes sin distancia de seguridad. ¡Dios, qué preocupación! Pero también me sentía orgullosa de ellos.

Durante esa época tenía una sensación de aturdimiento, como si, en cierto modo, no fuera capaz de entender todo lo que estaba ocurriendo en el mundo.

2

Lo que ocurrió después fue estupendo.

Comenzamos a hacer amigos en Maine, a través de Margaret y Bob. Ya era pleno verano, y empezaron a invitarnos a distintos sitios con distintas personas —siempre en el exterior, con distancia de seguridad y mascarillas—, y yo empecé a darme cuenta de que me caían bien las personas, muy diversas, que íbamos conociendo gracias a ellos.

Volveré a este tema dentro de poco.

Pero primero tengo que confesar una cosa.

Un día fui yo sola a la tienda; iba a comprar detergente, barritas energéticas y más vino. Había una larga cola fuera. La gente, con mascarilla, mantenía una distancia de dos metros —el local había puesto señales en el suelo para indicar dónde había que colocarse—, esperando su turno para entrar. Era un domingo nublado, a media tarde. Mientras aparcaba, vi a mucha gente atravesando a toda prisa el aparcamiento, y comprendí, o eso me pareció, que querían encontrar un hueco en la cola, que se alargaba a cada segundo: daba la vuelta al edificio. Me puse detrás de un joven que no paraba de mirar el teléfono, y ya cerca de la entrada del local vi a un hombre —era mayor, estaba pálido y parecía enfermo— que cruzaba lentamente el aparcamiento, y pensé: lo dejarán colarse. Pero el hombre pasó a mi lado y lo vi dirigirse hacia el final de la larga cola. Pensé: debería ir a decirle que le cambio el sitio (porque en aquel momento me faltaban pocos minutos para entrar en el supermercado). Incluso miré para comprobar lo larga que era la cola, y en efecto era larguísima. No fui a buscar al hombre mayor. No lo hice.

Una mujer que iba dos puestos por delante de mí —parecía de mi edad, quizá unos años más joven— le dijo al joven que tenía detrás, el joven del teléfono: «Guárdame el sitio». El joven no levantó la vista del teléfono, y vi a la mujer ir a buscar al anciano, que estaba a punto de doblar la esquina del edificio para llegar al final de la cola, y acompañarlo hasta el espacio que ella ocupaba, y el señor pudo entrar en el supermercado enseguida. Luego la mujer miró a su alrededor, quizá pensando si podría recuperar su puesto, pero nadie dijo nada ni pareció reparar en ella, ni siquiera el joven que supuestamente le estaba guardando el sitio y que seguía pendiente del teléfono, y la vi dar la vuelta al edificio, supongo que hasta el final de la cola: había dejado su lugar y tenía que volver a esperar.

Y pensé: debería haber sido yo. Yo debería haber hecho eso por el señor mayor.

Pero no lo había hecho.

No quería esperar en la larguísima cola, como estaba haciendo esa mujer.

Y ese día aprendí algo.

Sobre mí misma y la gente, y su egoísmo.

Nunca olvidaré lo que no hice por aquel hombre.

3

Antes de contar lo de los amigos que empezábamos a tener, permítanme decir que una tarde de la primera semana de junio, cuando William volvió de su paseo, anunció que al día siguiente iba a ir a Massachusetts y que había quedado en el Old Sturbridge Village —allí había aparcamiento— con Estelle y Bridget. «Ha pasado demasiado tiempo», dijo con expresión sombría.

Le pregunté si quería que lo acompañara para ayudarlo a conducir, pero me aseguró que no, que solo eran tres horas de ida y otras tantas de vuelta, que podía arreglárselas. Le pregunté si Estelle iría sola, y contestó que sí, así que supuse que no iba a llevarse al pobre diablo de su novio.

Al día siguiente William se marchó por la mañana temprano. Le había preparado un sándwich de atún, y se le olvidó. «¡William! —grité, saliendo detrás de él con el sándwich y una botella de agua—. Llévate esto». Lo cogió. «Si me necesitas, llámame», y él hizo un movimiento con la mano, subió al coche —había vuelto a poner las placas de matrícula de Nueva York— y bajó por el sendero pedregoso y empinado.

Fue curioso. Al principio casi me alegré de que se hubiera marchado. La casa respiraba libertad sin él, pensé. Llamé a una amiga de Nueva York; hablamos largo rato y nos reímos, y, cuando colgué, la casa quedó en silencio. Salí a dar un paseo a la orilla del mar, porque había marea baja y me encantaba ver los caracoles de mar, los grandes de color blanco y los más pequeños, marrones. Y, a veces —no con frecuencia, y ese día tampoco—, te encontrabas una estrella de mar. Y siempre presentes las algas, resbaladizas y de un marrón amarillento, desparramadas sobre las rocas. De repente me asusté un poco, porque me dio por pensar que ya no guardaba tan bien el equilibrio y ¿qué pasaría si me cayera? Dejé de disfrutar con lo que estaba haciendo, y, como además empezaban a aparecer nubes —el sol había brillado toda la mañana—, volví a la casa, con la intención de ponerme a leer. Pero no había nada que me apeteciera leer. No era capaz de leer; como ya he dicho, había leído muy poco desde mi llegada. Y tampoco era capaz de escribir.

Aún no era mediodía.

Me puse a pensar en todas las personas que estaban soportando esta situación ellas solas. Mi amiga de Nueva York, con la que acababa de hablar, estaba sola. Dos veces a la semana iba a verla una amiga suya. Se sentaban a una mesa detrás de su edificio, una en cada extremo, y pasaban el rato. Con William fuera, empecé a ver las cosas de otra manera, a comprender mejor la situación de mi amiga, quiero decir. Pero mi amiga era capaz de leer, y yo no. Aun así, ella estaba sola.

Me hubiera gustado ver a Bob Burgess. Me hubiera gustado que las chicas me llamaran, pero no lo hicieron, y yo tampoco las llamé.

Me tumbé en el sofá, cogí el teléfono y los auriculares y me puse a escuchar música clásica. No reaccioné como en las pocas ocasiones en que había escuchado la música que —a veces— ponía David. Fue la primera vez que pude sentirme como en una suave nube de un color casi dorado, y no me moví porque temía que la sensación se esfumara. Pensé: ¡estoy descansando! Conseguí descansar, algo extraordinario.

William regresó a las ocho, cuando empezaba a ponerse el sol. Fui hasta la puerta, pero él no entró y yo me quedé allí. Pasados unos minutos salí, y la ventanilla del coche debía de estar bajada, porque lo oí: estaba llorando. Sollozando. Me acerqué rápidamente al coche, y William tenía la cabeza apoyada sobre el volante. Me miró, sin poder hablar; tenía la cara llena de lágrimas. Y siguió llorando.

—Ay, Pillie —susurré.

Al poco rato salió del coche y dejó que lo abrazara, pero él no me abrazó. Vino detrás de mí hasta la casa y se sentó en el sofá. Pregunté:

—¿Qué ha pasado?

Y él contestó:

—No ha pasado nada. Todo va bien. Es que estoy muy triste, Lucy. Muy triste.

Solo había visto a William llorar así una vez en la vida, el día que me contó lo de su aventura con Joanne. Era amiga de los dos desde la universidad, y William me había hablado tres meses antes de sus múltiples líos amorosos, pero cuando me confesó el que tenía con Joanne lloró como estaba llorando ahora. Aquel día dijo: «Estoy harto, Lucy. Soy un fracaso». Nunca le había oído decir semejante cosa, y poco después dejó de llorar. Yo no lloré por Joanne. Me sentía demasiado dolida, demasiado triste para llorar. Joanne fue su segunda esposa, durante siete años.

Y lo único que podía hacer por él ahora era mirarlo y esperar, hasta que dejó de llorar y repitió:

—Todo va bien. Ha sido estupendo verlas a las dos.

Al parecer, hasta que se despidió de Bridget, que se echó a llorar, y vio a Estelle alejarse en el coche con su hija en el asiento del copiloto, mientras también él se marchaba, no había empezado a llorar.

—¿Ha estado Estelle cariñosa contigo? —le pregunté cautelosa.

Y William contestó:

—Sí, claro. Ha estado muy bien, no podía haber sido más cariñosa. —Movió la cabeza y añadió, con más energía—: Es solo que estoy triste, Lucy.

Y lo entendí.

Dos

1

Voy a contar una historia sobre las personas que conocimos por mediación de Margaret y Bob.

Todavía no estábamos a mediados de junio, pero hacía un tiempo maravilloso, y Bob y Margaret nos invitaron a salir con otra pareja. Fuimos al puerto deportivo, y ocupamos dos mesas de pícnic, a cierta distancia una de la otra, en una tarde preciosa, sin apenas brisa, ni siquiera a la orilla del mar. El hombre de la otra pareja acababa de jubilarse en el Departamento de Salud y Servicios Sociales, y su esposa era trabajadora social en el hospital del pueblo.

La mujer se llamaba Katherine Caskey. Bob y ella se sentaron enfrente de mí, cada uno en un extremo de la mesa. Me cayó muy bien Katherine. Era más o menos de mi edad, pero con un aire juvenil. Tenía el pelo de color caoba, evidentemente retocado, o sea sin una sola cana, y pensé en cómo lo mantendría tan bonito durante la pandemia. No era una persona corpulenta, se levantó para tirar algo en un cubo de basura cercano y volvió a sentarse con movimientos ágiles.

En nuestra conversación, Katherine Caskey habló de su infancia. Había pasado los primeros seis años de su vida en West Annett, una pequeña ciudad, un pueblo, a una hora de distancia; su padre era el pastor de la iglesia, y su madre había muerto cuando ella tenía solo cinco años. Aquella tarde habló de su madre largo y tendido, y la comprendí: era su herida. La quería mucho, y su madre la adoraba.

Cuando su madre murió, su padre intentó mantener los vínculos familiares; mandó a la hermana pequeña de Katherine, Jeannie, todavía bebé, a vivir con la abuela en Shirley Falls, y Katherine y él se las arreglaron como pudieron con una criada que se encargaba de la casa, Connie Hatch.

—¡Cómo la odiaba! —dijo moviendo la cabeza—. Pobre mujer. La odiaba porque tenía un antojo muy grande en la nariz, y me daba miedo.

Katherine también me contó que los fieles de la iglesia empezaron a propagar rumores maliciosos sobre su padre y Connie —absurdos, por supuesto—, y que su padre se desmoronó un día delante de la feligresía. Ella estaba en la escuela dominical y no lo vio, pero los niños estuvieron hablando de ello durante días enteros, de su padre llorando delante de los feligreses. Y, después, los feligreses comprendieron que habían llegado demasiado lejos y —según Katherine— le pidieron disculpas a su padre, a pesar de lo cual se marchó seis meses más tarde.

—Pero ahora te cuento lo que pasó con la pobre Connie —añadió Katherine, abriendo mucho los ojos, unos ojos verdes, y moviendo la cabeza muy lentamente—. Mató a gente en la granja del condado, Lucy.

—¿En serio?

Yo estaba a punto de tomar un sorbo de vino del vaso de plástico y volví a dejarlo en la mesa.

—Sí. A varios ancianos con parálisis. Los asfixió. Dijo que para aliviar su sufrimiento. Fue a la cárcel, y mi padre iba a visitarla.

Katherine me miraba fijamente mientras me lo contaba.

—¿De verdad?

—Murió allí.

—¡Dios mío! —exclamé.

Y Katherine también pensaba que era una historia terrible.

Me fijé en que Bob había dejado de comer mientras hablaba Katherine. Tenía delante medio rollito de cangrejo, en el envoltorio de papel encerado. Cuando Katherine se calló, le preguntó:

—¿Tu padre era el pastor de la iglesia? ¿En West Annett?

Y Katherine contestó:

—Ajá.

—¿Vivíais en una casa de labranza en medio de la nada?

Se había quitado la mascarilla, porque estaba comiendo, y había adoptado una expresión extraña, casi de asombro.

—¡Sí, sí! —contestó Katherine, volviéndose hacia él—. Era una casa vieja, espantosa, que le habían dejado a la iglesia y que convirtieron en rectoría.

—A ver, un momento —dijo Bob. Metió una mano en el bolsillo, sacó el móvil y marcó un número; después se llevó el teléfono a la oreja y le preguntó a Katherine—: ¿Cómo se llamaba tu padre?

—Tyler. Tyler Caskey.

Pensé que le había gustado que Bob le preguntase por su padre.

Bob se levantó y dijo al teléfono:

—Susie, soy yo. Oye... —Y se apartó de la mesa.

Katherine me miró enarcando las cejas. Tras unos minutos, Bob marcó otro número y lo oí decir: «¿Jimmy?». Y se fue un poco más lejos, pero volvió enseguida a la mesa y se sentó, casi jadeando.

—Katherine Caskey —dijo—, sé quién eres. Tu padre ofició el funeral de mi padre. Mi padre murió cuando yo tenía cuatro años, y el pastor de la iglesia de Shirley Falls no se llevaba bien con mi madre, ni idea de por qué, así que fue a West Annett a buscar a tu padre y él ofició el funeral. Pero, Katherine..., ¡eras tú la que estaba en el porche! Estuviste al lado de tu padre todo el rato, y yo no te he olvidado. ¿Eras tú, Katherine?

Y fue muy curioso. Katherine lo miraba, no dejaba de mirarlo. Con una expresión rara, al fin dijo:

—Tú ibas en el asiento de atrás del coche, al lado de una niña.

—¡Sí! —exclamó Bob—. Mi hermana, Susan. Y mi hermano iba sentado delante, y mi madre fue muy grosera con tu padre, bueno, estaba trastornada porque su marido acababa de morir...

—Eres tú... —dijo Katherine en voz baja—. Dios mío, eras tú.

—¿Te acuerdas? ¿De verdad?

—Por Dios, claro que sí. No me olvidaré de ese niño en la vida. Parecías tan triste... Y no dejamos de mirarnos.

Bob casi gritó:

—¡Es increíble que lo recuerdes! Porque yo nunca he olvidado a la niña que me miraba con sus grandes ojos. Sentí... No sé, sentí como que estábamos conectados.

Katherine se había vuelto por completo hacia Bob, que estaba sentado a horcajadas en el banco.

—Y lo estábamos. ¡Estábamos conectados! Porque los dos acabábamos de perder a alguien, tú a tu padre y yo a mi madre.

—Acabo de llamar a mis hermanos, y Susan no se acuerda, pero Jim me ha dicho que sí, que el pastor era de West Annett, y recordaba que fuimos allí y que mi madre se puso a gritarle a tu padre. Pero de todos modos tu padre ofició el funeral.

—Yo no recuerdo que le gritara a mi padre. Solo me acuerdo de que yo no dejaba de mirarte. —Katherine desvió la mirada hacia mí; parecía realmente asombrada. Y volvió a mirar a Bob—. Dios mío —repitió en voz baja. Movió la cabeza lentamente y se volvió hacia donde estaba su marido, en la mesa de al lado, y gritó—: ¡Cariño! ¡Cariño, Bob es el niño del que te he hablado! —Pero, como su marido estaba hablando con William y Margaret, Katherine dijo, dirigiéndose de nuevo a Bob—: No me lo puedo creer. En serio, no me lo puedo creer. Nos conocemos desde hace años, pero eras tú desde el principio.

Poco a poco fui comprendiendo lo que había ocurrido, y me invadió una cálida sensación.

Katherine añadió:

—Bob Burgess, cuando se acabe esta pandemia te voy a dar un abrazo enorme, no te imaginas qué abrazo tan enorme.

—Y yo estoy deseándolo —contestó Bob, con el rostro embargado por la emoción.

—¿Cómo murió tu padre? —le preguntó Katherine, y Bob le contó la historia, que a su padre lo había embestido el coche con sus hijos dentro mientras bajaba por el sendero a abrir el buzón del correo.

—¡Ah! —exclamó Katherine—. Ay, cuánto lo siento, Bob.

Bob incluso le contó lo que le había confesado Jim años después, que había sido él, Jim, quien había estado enredando con la palanca de cambios, y lo duro que había sido para Bob, porque toda su vida se había creído responsable. Katherine lo miró con sus ojos verdes y dijo con sencillez:

—Lo siento mucho, Bob. Pero no puedo creer que fueras tú el niño que vi en el asiento trasero de ese coche hace tantos años. Te he encontrado. —Meneaba la cabeza lentamente.

Bob dio un mordisco a su rollito de cangrejo.

—Lo sé —dijo, con la boca llena—. Lo sé.

De modo que ocurrían cosas así. Lo que quiero decir es que, a veces, las personas que conocía eran interesantes. ¡Y sus vidas estaban entrelazadas! Me alegré mucho por los dos. Cuando se lo conté a William esa noche, no pareció muy impresionado. Dijo:

—A lo mejor se lo están inventando. Muchos recuerdos que tiene la gente no son exactos.

Pensé en estas palabras, y me vinieron a la memoria ciertas cosas de mi niñez, tan nítidas como un recuerdo.

Un día, a mi hermano le pegaron una paliza en el patio del colegio: estaba agachado, tapándose las orejas con las manos, mientras unos chicos le daban patadas. Yo eché a correr al verlo, es decir, salí huyendo de mi hermano y de aquellos chicos. Y recordaba otra cosa de mi hermano y mi madre, un recuerdo demasiado doloroso para pensar en él, solo pasó por mi cabeza como un relámpago. No me molesté en contestar a William. Me alegraba por Bob. Y también por Katherine Caskey.

2

Había una racha de buen tiempo, y William y yo empezamos a salir en coche para explorar. Volvimos a poner las placas de matrícula de Maine y recorrimos pequeñas carreteras serpenteantes que siempre acababan en la orilla del mar. Yo había viajado por carreteras minúsculas en Italia y Croacia, por muchos lugares de Europa a los que había ido por mi trabajo, pero esto no se parecía a nada de lo que había visto, y pensé: qué americano. Porque lo era.

Pasamos por viejos cementerios, y, en uno en el que paramos, leí los nombres y las fechas de las lápidas. William, que iba delante de mí, dijo: «Ven a ver esto, Lucy». Y fui adonde él estaba. Señaló con una mano y vi varias tumbas con fechas de fallecimiento entre 1918 y 1919, y no todas de personas mayores. «La epidemia de gripe», aclaró William.

Y pensé: el mundo ya ha pasado por esto.

Parecía lejano, remoto, pero para quienes perdieron amigos y familiares en la epidemia de gripe fue tan angustioso como lo que estábamos viviendo nosotros ahora.

Pero seguimos explorando, es lo que quiero decir, y el tiempo mejoraba cada día más. Daba la sensación de que el mundo físico se abría ante nosotros, y era maravilloso. Y ayudaba.

Busqué la epidemia de gripe en el ordenador y me enteré de que habían cerrado las escuelas y también las iglesias. Había viejas fotos de muchas personas —la mayoría hombres— tendidas en camastros a ras del suelo en hospitales improvisados.

William me dijo: «A lo mejor alguien de tu familia murió en la epidemia de gripe. ¿Quieres registrarte en una de esas páginas web de genealogía?». Me lo preguntó con una expresión poco menos que de entusiasmo.

Le contesté que no, que no quería saber nada de mi familia.

3

Pero estaba triste por mis hijas, las echaba de menos casi constantemente, y cuando hablábamos nunca decían: «Te echo de menos, mamá». De repente pensé en cuántas veces me lo decía Becka, incluso cuando todavía estaba con Trey. Pero últimamente no.

Algunas mañanas me despertaba antes que William y salía a andar porque me sentía angustiada. Estaba angustiada por las chicas. Un día llamé a Chrissy y le pregunté qué tal le iba a Becka —seguro que se lo contaría a su hermana, pero quería saberlo—, y Chrissy respondió:

—Mamá, no te preocupes por ella. Tiene a su loquera, Lauren, y nos tiene a Michael y a mí, y está bien.

—Es que no me llama nunca —dije.

Chrissy vaciló un momento.

—Creo que ya no te necesita como antes. Incluso en los años que estuvo casada con Trey te necesitaba, pero tú ya has cumplido tu tarea, mamá. Saldrá de esta.

—Sí, vale. Te entiendo.

Y así era.

Pero también he de decir que casi me mató.

Chrissy me llamó dos días después.

—Bueno, hoy sí que tengo algo que contarte, y te vas a poner muy contenta. Preferí no decírtelo en medio de la conversación sobre Becka. —Y añadió—: Pero seguro que ya lo sabes.

—Estás embarazada.

Esperaba el bebé para diciembre.

—No se lo cuentes a papá. Voy a llamarlo en cuanto colguemos.

¡Yo estaba encantada!

—Ha salido a andar —dije.

Y me aseguró que no tenía náuseas, solo un poco de mareo de vez en cuando, y que estaba comiendo como una lima. Confesó que no querían saber el sexo de la criatura.

—Queremos que sea una sorpresa. —Después añadió que se alegraba mucho de que William se hubiera librado de Melvin—. Mamá, ¿te lo imaginas? Yo ya estaba embarazada entonces, y si se hubiera instalado con nosotros... ¡Ay, mamá!

—Ya lo sé. ¿Sigues yendo a las manifestaciones?

—No te preocupes por las manifestaciones, mamá. Son pequeñas, y tengo muchísimo cuidado.

—Vale, vale.

¡Ah, estaba realmente eufórica cuando colgamos! ¡Chrissy iba a tener un hijo! Me imaginé con el bebé en brazos y pensé en la ropita y en que Chrissy sería muy buena madre: me la imaginé con un niño, no una niña, y no sé por qué... ¡Ah, cómo me emocionaba todo aquello!

Y William también estaba radiante cuando volvió; nos pusimos a hablar del tema inmediatamente.

—Te ha dicho que no quieren saber el sexo, ¿no? —preguntó, y yo contesté que sí, que eso me había dicho—. Es fantástico, Lucy. Es una gran noticia.

Y yo dije que estaba tan entusiasmada que casi no podía soportarlo.

Pero pasado un rato vi que William ponía cara larga.

—Echo de menos a Bridget —dijo. Fue hasta la ventana a mirar el mar—. Necesito ir a verla pronto.

—¡Ve cuando quieras! —le animé, pero William no respondió.

Esa noche William estaba tecleando en el ordenador cuando, de repente, levantó los ojos y lo cerró.

—¿Te acuerdas de que cuando escribimos los votos para nuestra boda me pediste que no pusiéramos «hasta que la muerte nos separe», sino «para siempre y mucho más»? ¿Te acuerdas?

—Recuérdamelo tú.

—Acabo de hacerlo. —Miró la chimenea y después la punta de su zapato—. Querías tener la certeza de que no iba a ser solo hasta que la muerte nos separase. Querías tener la certeza de que duraría más que eso.

Y entonces lo recordé.

—Supongo que le tengo miedo a la muerte —dije.

—No creo —replicó William—. Lo que creo es que me amabas de verdad y querías que durase siempre. —Añadió—: Creo que es lo contrario de tenerle miedo a la muerte. Creo que tú no crees en la muerte.

—Pues claro que sí —repuse.

—Bueno, ya lo sé, en el sentido real, pero tú... Bueno, da igual —concluyó, como repentinamente agotado. Pero después añadió, con un movimiento tajante de la mano—: Tú eres un espíritu, Lucy. Sabes cosas. Ya te lo he dicho alguna vez. No hay nadie como tú.

Pensé: se equivoca, sí le tengo miedo a la muerte. Y no sé nada.

4

Los manifestantes seguían saliendo a la calle todas las noches, y yo seguía preocupada por su salud, pero la violencia parecía haber remitido. Cuando les pregunté a las chicas, me dijeron que en las vigilias y protestas a las que habían asistido en New Haven no había habido violencia. Yo prestaba atención a la gente que aparecía en las noticias, personas de color que decían que para ellas era una preocupación cotidiana entrar en sus coches por si las paraban, o que les dieran el alto al ir andando por las calles de su barrio. Eran conscientes de correr auténtico peligro continuamente.

Y eso me recordó que, hace muchos años, después de dejar a William, fui a un congreso en Alabama, y allí había una mujer, poeta, que era negra. Había viajado en su coche ella sola desde Indiana para asistir al congreso, y se perdió, y ya era de noche cuando averiguó dónde íbamos a alojarnos en la universidad. Lo que recordé de repente fue su miedo esa noche. Me dijo: «No le deseo a nadie ser una mujer negra y verse sola en una carretera desierta por estas tierras».

Estuve pensando en eso un buen rato.

No mucho después me llamó mi hermana, Vicky. Me sorprendió ver su número en el teléfono, porque ella nunca me llamaba, esperaba a que la llamara yo, cosa que hacía una vez a la semana, como ya he dicho.

—Lucy, me he metido en una iglesia.

—Ah, ¿sí?

Y me aseguró que sí, que se había metido en..., no recuerdo el nombre, pero enseguida comprendí que se trataba de una iglesia fundamentalista cristiana, y que le había cambiado la vida.

—¿En qué sentido? —le pregunté.

Y Vicky respondió:

—Ya sé que tú miras estas cosas por encima del hombro, pero, Lucy, cuando rezas de verdad, y cuando rezas con otras personas, el espíritu del Señor puede llegarte sincera y verdaderamente.

—¿Quieres decir que has visto la luz? —pregunté.

Y Vicky respondió:

—Ya sabía yo que te pondrías sarcástica, no sé por qué te lo cuento.

—¡No me he puesto sarcástica! —le contradije, levantándome del sofá rojo lleno de bultos. Mientras hablamos no paré de dar vueltas por la habitación. Vicky dijo que se había metido en la iglesia dos meses antes y que nunca había estado en compañía de personas tan amables, pero yo cometí otro error al preguntarle—: ¿Asistes a los servicios religiosos con otras personas? Hay una pandemia, Vicky.

Y Vicky contestó:

—El Señor me protegerá.

—Pero ¿lleváis mascarilla?

—En la iglesia no llevamos mascarilla, Lucy. Tengo que ponérmela en el trabajo, pero en la iglesia no la llevamos. Es el gobierno el que intenta obligarnos a eso, Lucy. Ya sé que tú piensas de otra manera, pero te estás dejando engañar.

Cerré los ojos unos segundos.

—¿De dónde te sacas esa información?

Tras una pausa contestó:

—Lucy, te he visto durante años en muchos programas de televisión, en esos programas de la mañana. Y me los creía. Creía lo que veía, pero ya no. No son más que chorradas.

Me dejó preocupada, porque en cierto modo tenía razón. Me daba la impresión, y cada vez más con el paso de los años, de que siempre había algo ligeramente falso en los programas de televisión en que intervenía: el entusiasmo de los presentadores, el ambiente, todo. Y el hecho de que las cadenas siempre anduvieran en busca de «un gancho», como lo llamaban.

Vicky siguió hablando.

—Ya no veo la televisión. Creo que no nos dicen la verdad. Nos cuentan su verdad para intentar influirnos y llevarnos por el mal camino. No voy a decirte de dónde saco la información, pero eso es lo que pienso.

Esperé unos segundos. Luego le dije:

—Te metiste en esa iglesia hace dos meses, ¿y me lo cuentas ahora?

—¿Y te extraña que no te lo contara? Francamente, Lucy, mira cómo has reaccionado.

Me sentí cansada de repente y volví a sentarme.

—No quería ser grosera.

—Pues has sido grosera. Pero te perdono.

Pregunté si su marido y su hija, Lila, también habían ingresado en la iglesia.

—Sí —contestó Vicky—. Y ha supuesto un enorme cambio en nuestras vidas, te lo aseguro. Antes ni siquiera comíamos juntos, y ahora lo hacemos todas las noches, y bendecimos la mesa. Es una experiencia completamente distinta.

—Me alegro. Me alegro de saber que coméis juntos.

Justo antes de colgar, Vicky dijo:

—Rezo por ti, Lucy.

—Gracias.

Cuando se lo conté a William se encogió de hombros y dijo:

—Espero que eso la haga feliz.

Yo seguía saliendo a andar, por la mañana y por la tarde. El viejo que se sentaba a fumar en la entrada de su casa, Tom..., y yo nos hicimos más amigos. Un día que lo vi, un arbusto al lado de los escalones se inclinaba sobre su cabeza.

—¿Qué tal, Tom?

Y él contestó:

—Bien, bien, dielo. Y tú ¿qué tal?

Como no había mucho de lo que hablar, hablamos de que no había mucho de lo que hablar. Después Tom me preguntó:

—¿Qué te parece la casa de los Winterbourne? —Le contesté que estaba bien. Desvió la mirada hacia un lado unos segundos y, cuando volvió a fijarla en mí, añadió—: Pues me alegro de que estés allí.

Y de repente comprendí que Bob Burgess podía tener razón al pensar que Tom había puesto el cartel en nuestro coche unos meses antes, por el modo en que Tom había mencionado concretamente el nombre de los Winterbourne y su forma de desviar la mirada unos segundos.

—Pues gracias, Tom. Yo también me alegro.

Cuando estaba a punto de marcharme, Tom me dijo, entornando los ojos por el humo del cigarrillo.

—Siempre es una alegría verte, dielo. Siempre.

Le dije que a mí me pasaba lo mismo.

5

Y después ocurrió lo siguiente:

A finales de junio Becka cogió el virus.

Chrissy me llamó para contármelo. Era media tarde, y yo estaba preparándome para salir a andar. William estaba fuera, mirando la atalaya. Chrissy dijo:

—Mamá, escúchame y no te asustes. Por favor.

—No voy a asustarme, pero cuéntame qué pasa.

Y me contó que Becka tenía el virus, que se lo había contagiado Trey. Becka había vuelto a Brooklyn y se habían acostado. Él aseguraba que no sabía que tuviera el virus, pero al día siguiente se puso enfermo, y Becka enfermó cinco días más tarde.

—¡No me lo puedo creer, Chrissy!

—Sí, ya lo sé.

Me quedé largo rato sentada a la mesa después de colgar y luego llamé a William, que había salido a dar su paseo.

—Dentro de cinco minutos estoy en casa —contestó.

Cuando cruzó la puerta, me pareció viejo, y entonces me enfadé con Becka. Durante escasos minutos estuve enfadada con Becka. Se me pasó enseguida.

—Llámala tú —dije, y William lo hizo.

Le habló con cautela. Oí a Becka echarse a llorar, pero respondió a todas las preguntas. No tenía mucha fiebre, había perdido el gusto y el olfato y notaba los pulmones como «esponjosos» al ducharse. William me lo explicó después de colgar. Añadió que Becka le había preguntado: «¿Está mamá enfadada conmigo?». Y eso me dolió. William le aseguró que no, que lo que estábamos era preocupados, los dos, pero parecía derrotado, con la espalda encorvada y la mirada perdida.

Es curioso. No me preocupaba tanto que Becka tuviera el virus como su situación matrimonial. Lo que quiero decir es que enseguida pensé que era joven y no le pasaría nada —así fue—, pero me preocupaba que hubiera vuelto con Trey. Y también tenía una tremenda sensación de fatiga. William y yo guardamos silencio largo rato. Por la ventana, las hojas nuevas con su verde vibrante recibían la luz del sol y casi se transparentaban, tal era su frescura.

Becka me llamó al día siguiente. Estaba en el cuarto de baño, y su voz sonaba amortiguada.

—Mamá, qué vergüenza me da, qué... Ay, mamá.

Yo la escuchaba paseando por la pequeña zona de césped al lado de la casa. Me dijo que Trey la había llamado varias veces y que ella lo echaba de menos, que quería volver con él.

—Pero no quería decírtelo.

Contesté que lo comprendía. Ella dijo que Trey le había asegurado que todo había acabado (supuestamente) con la otra mujer.

—Por Dios, mamá, si es que ella también es poeta...

Seguí escuchándola. Al parecer, cuando Becka volvió a la casa que tenían en común, la realidad que le ofreció Trey no era como ella se había imaginado.

—Trey es asqueroso, mamá, pero nos acostamos, mamá. No sé por qué... pero nos acostamos, y entonces me pareció bien, pero en el fondo no... ¡Ay, mamá!

Dejé que continuara hasta que acabó de desahogarse, y entonces le dije que no era nada nuevo, que esas cosas pasan continuamente entre las parejas que están intentando decidir qué hacer.

—¿En serio? —preguntó.

—Y tan en serio —contesté. No le conté que su padre y yo habíamos actuado de un modo parecido (aunque a nuestra manera) cuando estábamos separándonos.

La dejé seguir hablando, y estuvo hablando hasta que se cansó, pero tardó mucho en colgar.

Cuando Trey se puso mejor —mejoró antes que Becka—, se mudó a un apartamento del Lower East Side. Y Becka se quedó en el piso. William lo había comprado para los dos cuando se casaron. «Quiero venderlo», anunció Becka, y William la animó a que rebajara el precio y se marchara de allí. En cuanto se recuperó —tardó más de tres semanas—, puso el piso a la venta y volvió a Connecticut, a vivir cerca de Michael y Chrissy en la casa de invitados.

117

Por alguna razón que yo no comprendía, seguía angustiándome pensar en mi piso de Nueva York. No dejaba de pensar: márchate. Tenía la sensación de que tiraba de mí casi constantemente, y no era agradable, porque comprendía que habría de pasar mucho tiempo antes de que volviera allí. Cuando me imaginaba entrando al fin en mi casa —¿cuándo sería eso?—, me desesperaba. David no estaría allí. Pero no estaba allí desde un año antes de la pandemia. No sabía qué hacer. Y, de todos modos, no se podía hacer nada. ¡Mamá!, le grité en silencio a la madre buena que me había inventado. ¡Qué confundida estoy, mamá! Y la madre buena que me había inventado dijo: «Ya lo sé, Lucy, pero todo se arreglará. Tú resiste, cielo, es lo único que tienes que hacer».

Poco después de volver a Connecticut, Becka me llamó entusiasmada. Había conocido a un amigo de Michael, que también había tenido el virus, y se habían visto varias veces.

—Creo que le gusto —dijo.

—Claro que le gustas. —Y le pregunté—: ¿A qué se dedica?

—Es guionista. Hace documentales —contestó Becka.

Y pensé: vaya por Dios. Le romperá el corazón, porque es lo que suele pasar en las primeras relaciones después de una separación o un divorcio. Pero no se lo dije.

7

Chrissy perdió el bebé.

Había salido a correr un rato y le dieron calambres, y cuando volvió a casa sangraba de tal manera que Michael la llevó a urgencias. Pasó el día allí; lograron detener la hemorragia, y ya estaba en casa.

Fue Becka quien me llamó para contármelo.

—No te lo tomes a mal, pero ahora no puede hablar contigo.

Dije que lo entendía, pero pensé: ¡Chrissy! ¡Mi querida Chrissy!

—Pero ¿cómo está? —pregunté en voz baja.

Y Becka contestó, pasados unos segundos:

—Pues como sería de esperar, mamá. Muy disgustada.

—Claro.

Seguimos hablando unos minutos más, y le pedí que le dijera a Michael que me llamara cuando pudiera, y Becka me aseguró que lo haría. Y colgamos.

Me senté a la mesa redonda del comedor, aturdida. Una y otra vez pensaba: ay, Chrissy, Chrissy.

Se lo conté a William cuando volvió a casa. Se sentó a la mesa enfrente de mí, sin decir nada. Estuvimos así largo rato, sin hablar. Finalmente dije:

—¿Por qué tenía que salir a correr?

William abrió la mano que tenía sobre la mesa y contestó:

—El médico dijo que podía seguir corriendo.

—Ah, ¿sí? ¿Y por qué? —pregunté.

William se limitó a mover la cabeza.

—¿Cómo sabes que eso es lo que le dijo el médico? —insistí.

—Me lo contó un día. Me dijo que el médico le había dicho que podía hacer ejercicio, de momento.

William se levantó y fue hasta la ventana del salón; después volvió y se sentó otra vez enfrente de mí.

Y entonces recordé que en una ocasión, cuando yo era joven, mi madre había dicho (refiriéndose a una mujer de nuestro pueblo que había adoptado a un niño y el niño no salió bien): «Cuando una mujer no puede tener hijos es por alguna razón». Quería decir que la mujer no sería buena madre.

Y recordarlo me horrorizó, porque yo me lo había creído.

Pero Chrissy sería una madre fantástica. Cuando se lo comenté a William, puso los ojos en blanco y replicó:

—Venga ya, Lucy. Tu madre estaba completamente pirada.

Pensé sobre esto.

Mi madre, por ser mi madre, tuvo un gran peso en mi juventud. En toda mi vida. Yo no sabía quién era ella y no me gustaba quien había sido, pero era mi madre, y seguí creyéndome algunas de las cosas que decía.

Los días pasaban, pero la verdad es que no recuerdo cómo. El silencio de Chrissy me dejaba paralizada de miedo. Al fin llamó Michael, que parecía muy serio. Dijo:

—Está sufriendo mucho.

Y le contesté que era normal.

Y un día al final de la semana, cuando William volvió de andar, dijo:

—Acabo de hablar con los dos. Tienen el virus.

Al parecer, Chrissy lo había pillado en urgencias, porque al día siguiente la llamaron por teléfono para decirle que, desgraciadamente, había estado en contacto con alguien que había dado positivo, pero que, como llevaba mascarilla, probablemente no le pasaría nada. Pero no se encontraba bien. Y después Michael también se puso enfermo. Los síntomas de Michael eran distintos: tenía un terrible dolor de espalda, pero, curiosamente, no un problema grave con su asma, aunque sí alguno. Los síntomas de Chrissy se parecían a los que había presentado Becka.

Llamé inmediatamente a Becka, que contestó enseguida.

—Se pondrán bien, mamá. No te preocupes. Yo los estoy cuidando. —Le dije que me sentía orgullosa de ella, y ella respondió, con cierto tono de indignación, me pareció a mí—: Pues claro.

—William. ¿Por qué te llaman a ti y a mí no?

No tenía celos de él; solo quería saber.

Y contestó:

—Pues, Lucy, porque les preocupa lo mucho que tú te preocupas.

—Pero ¿tú no estás preocupado por ellos? ¿Por Michael?

—Sí, pero no lo demuestro.

—Lo entiendo.

Y era verdad.

Cuando al fin me llamó Chrissy, la semana siguiente, parecía tranquila. Le pregunté qué tal se encontraba y respondió que bien, que estaba mejor, y también Michael. Dijo que lo raro era que Michael solo tuviera un poquito más de dificultad para respirar, pero que estaba mejor, aunque había tenido «niebla mental».

—¡Vaya! —exclamé.

Y Chrissy añadió:

—Sí, dice que se ha hecho una idea de cómo puede ser la demencia.

Pensé: Dios santo.

—Pero está mejor. No cabe duda de que está mejor —concluyó. Y a continuación dijo—: Vamos a tener un hijo, mamá. De una manera u otra, vamos a formar una familia.

—Claro que sí —la animé.

—Ese tío que le gustaba a Becka, el guionista. Ha resultado ser un capullo, y Becka está fatal.

—Vaya por Dios.

—Ya se le pasará —dijo Chrissy, y le di la razón.

Cuando colgamos, me di cuenta de que me sentía un tanto distanciada de mis dos hijas, y comprendí que se debía a que su tristeza me afectaba demasiado.

Tres

1

William había seguido en contacto con Lois Bubar, su hermanastra, y, como ya estábamos en julio, se les ocurrió un plan. Iban a quedar en el campus de la Universidad de Maine, en Orono, y cada cual haría un viaje en coche de dos horas y media. William me leyó los correos de Lois, de una manera casi obsesiva, me pareció a mí. Ella propuso el plan cuando William le confesó que le tenía tal aversión al covid que no podía alojarse en su casa, a la que ella lo había invitado al principio. William lo planteó con delicadeza y Lois reaccionó con el plan de Orono. William le dijo que yo no iba a acompañarlo, pero no por antipatía, y ella le contestó que lo entendía perfectamente y que estaba deseando verlo.

—Tengo que llevarle algo —me dijo unos días antes de emprender el viaje—. ¿Qué le puedo llevar, Lucy?

—Ya se nos ocurrirá —contesté, aunque no tenía ni idea de qué podía llevarle.

Al día siguiente William anunció:

—Voy a hacerle unos brownies.

—¿Unos brownies?

—Sí. No los he hecho nunca, pero se los voy a hacer.

—Vale.

Fue a la tienda y volvió con un molde de papel de aluminio y un paquete de preparado en polvo para brownies. Lo observé mientras removía la mezcla de color marrón oscuro y la vertía en el molde, que ya había untado con abundante mantequilla. Metió el molde en el horno, y le aconsejé:

—Échale un vistazo cinco minutos antes de lo que pone en la caja, que este horno es viejo.

Así lo hizo, pero los brownies ya se habían quemado un poco por los bordes, y William parecía un tanto desanimado.

—Han quedado perfectos —dije—. En serio, William: perfectos.

Los cubrí con una hoja de aluminio.

Por la mañana, William envolvió su almuerzo, cogió unas botellas de agua y salió temprano.

No era un día especialmente caluroso y el cielo estaba muy azul, pero también había montones de nubes blancas. Llamé a Bob Burgess para preguntarle si quería ir a dar un paseo. «Y también Margaret», añadí. Pero, como Margaret tenía cosas que hacer, Bob vino solo, y fuimos andando hacia la cala. Le conté toda la historia de Lois Bubar —ya le había contado algo, pero en esta ocasión me extendí en detalles—, y él me miraba y repetía: «¡Caray, Lucy!». Me encantaba que me prestara tanta atención, que demostrara tanto interés.

—Así que estoy muy nerviosa, y espero que salga bien.

—Yo también me he puesto nervioso —reconoció Bob.

Le conté que Chrissy había perdido al bebé y —no exagero— Bob se paró y se le humedecieron los ojos.

—Ay, Lucy —dijo en voz baja.

Le expliqué que era el segundo aborto que tenía, y él repitió:

—Ay, Lucy.

—Gracias, Bob —dije, y seguimos andando.

El sol estaba alto en el cielo azul, rodeado de nubes algodonosas, y de repente, en cuestión de segundos, se escondió detrás de una y la apariencia del mundo cambió. Quiero decir que la carretera por la que caminábamos, los árboles se suavizaron.

—Mi hermana ha encontrado a Dios —dije.

Y lo que pasó a continuación me pareció muy curioso: Bob me miró, me miró de verdad, asintió casi imperceptiblemente y dijo:

—Lo entiendo.

Y yo le contesté:

—Gracias. Porque yo también lo entiendo.

El sol volvió a salir cuando llegamos a la caleta.

Sentado en el banco, Bob me preguntó:

—Lucy, ¿tú crees en Dios?

Me quedé alucinada. Nadie que yo conociera me había preguntado semejante cosa. Así que le dije la verdad.

—Bueno, no es que no crea en Dios. —Entrecerré los ojos para contemplar la caleta: el agua estaba salpicada de luz blanca por el sol, y en uno de los muelles había unas gaviotas. Añadí—: Quiero decir, no creo en un dios tipo padre, como mi hermana...

Bob me interrumpió:

—No sabes si tu hermana cree en un dios tipo padre.

Lo miré.

—No, tienes razón. No se lo he preguntado.

—Pero continúa. Siento curiosidad por saber cómo piensas.

—Pues mis sentimientos hacia Dios han cambiado con los años, y lo único que puedo decir es que las apariencias engañan. —Y añadí—: De eso sí estoy segura, de que las apariencias engañan.

Bob me estaba observando. Había encendido un cigarrillo, pero solamente lo tenía en la mano, sin fumar.

—Lo que yo pienso —dijo— es lo que estaba escrito en una hoja de papel enorme clavada en el tablón de anuncios de la iglesia congregacionalista a la que íbamos a veces cuando era pequeño: «Dios es amor». Estaba escrito en mayúsculas en el tablón de anuncios de la sala de abajo. Y es curioso que lo recuerde, pero supongo que siempre lo he hecho.

Soltó el humo, entrecerrando los ojos.

—Pues es un buen recuerdo. Y es verdad. —Y tras un instante añadí—: Hace unos años leí un libro en el que uno de los personajes decía algo así como que es nuestro deber sobrellevar la carga del misterio con el mejor talante posible.

Bob asintió.

—Muy bueno.

—Sí, eso mismo pensé yo.

Como parecía que no teníamos nada más que añadir, nos quedamos en amistoso silencio un buen rato, mientras Bob fumaba y el sol brillaba. De repente preguntó:

—¿Te acuerdas de cuando leíamos los periódicos, los de verdad?

Y yo contesté:

—Sí, casi se daba por sentado que te pasabas toda la mañana del domingo con el *Times*. ¿Por qué me lo preguntas?

Contestó, encogiéndose de hombros:

—Porque lo echo de menos, nada más. Echo de menos ese ejercicio diario de leer toda clase de cosas de las que no sabía nada. O sea, de vez en cuando compro el periódico en papel, pero es mucho más fácil ver las noticias en el ordenador.

Me eché hacia delante para hablarle de una conferencia en la Universidad de Columbia a la que había asistido hacía años, sobre internet y los cambios que estaba ocasionando. Le conté que según el conferenciante se habían dado tres grandes revoluciones en la historia de la humanidad: la primera, la revolución agrícola; la segunda, la revolución industrial, y la tercera, esta revolución social, es decir, cómo internet estaba cambiando el mundo.

—Y lo que mejor recuerdo es que ese hombre nos dijo que, como estamos en medio de ese proceso, no viviremos lo suficiente para ver lo que supone para el mundo. —Añadí que me hacía pensar en mi hermana y en que probablemente leía las noticias en páginas de internet que a mí jamás se me ocurriría mirar.

126

Y Bob, que estaba aplastando la colilla contra el lateral del banco, dijo:

—Sí, es un buen argumento. Yo pienso que internet ha hecho posibles muchas cosas, buenas y malas.

Guardó la colilla en el paquete de cigarrillos, como tenía por costumbre.

Cuando nos levantamos para emprender el camino de vuelta, dije:

—William me contó lo de la próstata, y quiero darte las gracias por haberlo llevado a tu médico para los análisis de sangre. Has sido muy amable.

—Bueno, claro —contestó Bob con sencillez.

Estuve a punto de añadir: «¡Y luego dicen que Dios es amor!», pero me contuve.

Al volver a casa, Bob abrió los brazos antes de entrar en su coche y dijo:

—¡Te doy un abrazo enorme, Lucy!

Y yo abrí los brazos y dije:

—Y yo a ti, Bob.

Eran las siete en punto cuando William aparcó el coche en el sendero.

Entró en la casa poco menos que dando saltos; ya se había quitado la mascarilla y exclamó: «¡Lucy! ¡Es fantástica! Me quiere, Lucy». Eso es lo que dijo, con los grandes ojos marrones relucientes, y yo me alegré, vaya si me alegré.

Me ofrecí a cocinar esa noche para que pudiera contármelo todo. William se sentó a la mesa y habló con una rapidez como yo no recordaba que hubiera hablado nunca. «¡Tengo una hermana! —repetía una y otra vez, moviendo la cabeza—. Lucy, tengo una hermana». Me contó que se habían visto en la escalera de la biblioteca, que se reconocieron enseguida, «no solo porque éramos las únicas personas mayores que había en las escaleras», sino porque se reconocieron mutuamente. A pesar de las mascarillas. «Nada más verla pensé: ¡eres tú!». Y resulta que ella pensó lo mismo. Así que se llevaron las sillas plegables a la explanada de hierba enfrente de la biblioteca y allí estuvieron hablando durante horas.

Lois le contó que había ido a la universidad, que todos sus hijos también habían estudiado allí y que su nieto mayor se había graduado en el mismo centro dos años antes. Le dijo que allí también había conocido a su marido, que después se fue a Tufts a estudiar Odontología. Le explicó que su hermano pequeño, Dave, dirigía la finca de los Trask —los patatales—, donde ella se había criado, con su hijo, Joe. Y después le preguntó por sus hijas, y demostró especial cariño por la pobre Bridget, que tenía que aguantar al desastre de novio de su madre: fue muy amable con eso. «¡Lucy, se le saltaban las lágrimas! Me confesó que ella había abortado dos veces y que se sentía fatal por Chrissy», cuando William le contó lo de los abortos de nuestra hija.

Después hablaron de la madre de ambos, Catherine Cole. Le dieron mil vueltas al tema de los orígenes de Catherine, a por qué se había casado con el padre de Lois y por qué lo había dejado por el alemán, como Lois llamaba al padre de William.

Yo observaba a William sentada enfrente de él. Creo que no lo había visto tan feliz en todos los años que lo conocía.

Hasta bien entrada la noche, aún despierta, no caí en la cuenta de que William se había sentido solo. A pesar de mí, de nuestras hijas, y de Bridget y sus otras dos esposas, William se había sentido solo en el mundo. Y ahora tenía una hermana. Lloré sin lágrimas. De felicidad y de tristeza.

Y, justo cuando iba a quedarme dormida, se me pasó una idea por la cabeza: que William había decidido venir a Maine en la pandemia porque tenía una hermana aquí. Debía de albergar la esperanza de que esto ocurriera, de resolver entre los dos la situación. En otro caso me habría llevado a Montauk. Pero vinimos a Maine. ¿Sería cierto? Y, después de darle muchas vueltas, me quedé dormida.

2

Empecé a sospechar que no estaba bien de la cabeza. No recordaba las cosas. Comenzaba una frase y no recordaba cómo quería continuar. Bob me confesó: «A mí me pasa lo mismo. Creo que es el cerebro covid».

Pero no mejoraba. Me parecía que, si acaso, empeoraba. Y, además, tenía una sensación de confusión mental. Cuando entraba en mi habitación, por ejemplo, pensaba: a ver, ¿para qué he entrado aquí? Me hacía pensar en Michael y la «niebla mental» que acompañaba al virus, pero su niebla mental había desaparecido, y yo no tenía el virus. Y, sinceramente, a veces no era capaz de recordar para qué había entrado en una habitación. Y en la cocina, al hacer café, por ejemplo, me daba la impresión de que colocaba el filtro en la cafetera con movimientos más lentos. Era desconcertante: me sentía vieja.

Se lo conté a William, pero al parecer no tenía nada que comentar.

—Pero ¿tú me lo has notado? —le pregunté.

Y contestó, con un gesto de la mano:

—Estás bien, Lucy.

Yo no me sentía bien.

Una tarde estaba viendo un vídeo en el ordenador, sobre las leyes de la física y la falta de libre albedrío. Lo veía con la sensación de no acabar de entenderlo, pero sí que entendía, un poquito, lo que querían decir con que todas las cosas ya han ocurrido, con que no hay pasado ni presente ni futuro. Me interesaba el tema. Cuando terminé de verlo le pregunté a William qué pensaba él, y mientras le explicaba el asunto recordé que el verano anterior, en Maine, antes de ir a buscar a su hermanastra, una noche me dijo que las personas raramente decidían las cosas, que simplemente las hacían. Me miró desde la butaca en la que estaba sentado, leyendo un libro, y se encogió de hombros.

—Lucy, no soy físico.

—Ya lo sé, pero ¿qué piensas?

Descruzó las piernas.

—Pienso que podrían tener razón. Pero ¿y qué? —Añadió—: Sí que explicaría las visiones de tu madre.

—Sí, yo he pensado lo mismo —coincidí—. Pero ¿por qué dices «y qué»? En serio, William, me interesa mucho. Si todo está predeterminado, entonces ¿qué hacemos aquí? —pregunté mirando a mi alrededor.

Una media sonrisa asomó a la boca de William, pero parecía cansado.

—Ya. A veces yo pienso lo mismo.

—Pero ¿qué hacemos aquí? —insistí.

—Lucy, lo que yo hago aquí es intentar salvarte la vida. —Guardó silencio unos segundos y añadió—: Pero imagínate si hubieras ido a Italia y Alemania para la promoción del libro, como tenías previsto. Podrías haber muerto, pero no fuiste.

—Sí, lo sé. Por ningún motivo.

—Lo sé. —Volvió a coger el libro—. Ni pasado ni presente ni futuro. Estoy de acuerdo contigo, es interesante.

—Pero a continuación se encogió de hombros y añadió—: Nadie sabe nada, Lucy.

Y siguió leyendo.

3

Me teñí el pelo. Llevaba mechas rubias desde hacía años, pero se me estaba poniendo el pelo castaño —solo unas cuantas canas—, y con el pelo castaño me da la impresión de que me parezco a mi madre, algo que no soporto. Así que fui a la droguería y miré los paquetes de tinte; elegí uno y, ya en casa, seguí las instrucciones. Al cabo de dos horas mi pelo volvía a ser rubio. ¡Había quedado estupendamente!

Y después empezó a caérseme.

El desagüe se atascó: el agua me llegaba a los tobillos y la bañera tardaba horas en vaciarse. Era una bañera antigua, y el desagüe tenía una válvula de las que no se pueden quitar, solo abrirse una pizca y cerrarse. Cada vez que me duchaba, la bañera tardaba más tiempo en desaguar, y después se quedaba asquerosa.

¡Y mi pelo! Me lo recogía, pero era tan fino que me quedaba horroroso. Una amiga de Nueva York me recomendó unas pastillas para que me creciera que podían pedirse por internet, y las encargué, pero me hicieron polvo el estómago. Pasado un tiempo, dejó de caérseme y me colgaba lacio por el cuello.

Acabé por decirle a William que teníamos que avisar a un fontanero, y me contestó que los fontaneros no iban a las casas, por el virus. Así que miré en internet. Vi que podía resolverse el problema echando por el desagüe medio paquete de bicarbonato y después una taza de vinagre blanco.

A la mañana siguiente William estaba medio despatarrado en la bañera sobre una toalla sucia, intentando meter el bicarbonato por la pequeña abertura del desagüe. No paraba de soltar tacos, y finalmente introdujo el polvo con un cuchillo por el pequeño hueco. Tardó un montón de tiempo, y, cuando salió de la bañera dijo, limpiándose:

«Todo tuyo, Lucy». Así que eché una taza de vinagre, que borboteó un poco, pero el nivel del agua no bajó.

William estaba indignado y salió a andar.

Eché tres litros de vinagre blanco por el desagüe y oí más gorgoteos. Volví a mirar en internet y eché otros tres litros de lejía...

¡Y funcionó! No podía esperar a que William volviera, así que lo llamé: «Ha funcionado».

«¿En serio?», dijo, y cuando volvió a casa estábamos tan entusiasmados como unos niños que hubieran encendido una hoguera frotando dos palos. El desagüe funcionaba perfectamente, y me alegré de limpiar la bañera.

Mi pelo siguió rubio, pero muy muy escaso.

Con el tiempo se me puso castaño otra vez, y pensé: bueno, al menos te está creciendo, pero salía de una forma rara y no podía domarlo. Mamá, le dije en silencio a la madre buena que me había inventado, ¡estoy horrorosa, mamá! Y la madre buena de mi invención dijo: «No te preocupes, Lucy. Tu pelo ha sufrido un duro golpe».

Y comprendí que era verdad. Al principio me costaba mirarme en el espejo, pero me acostumbré. Pensaba: da igual.

(Aunque no me daba igual).

4

Quitamos el plexiglás del porche y colocamos los mosquiteros que estaban apoyados contra la pared. Comíamos ahí fuera (el porche era lo suficientemente amplio para albergar la mesa redonda con su mantel de flores y borlas si bajábamos una hoja). Y el mar era inmenso; con las ventanas abiertas, lo oíamos por la noche. Aprendí lo siguiente sobre el sonido del mar: que tenía dos niveles, el sonido incansable y continuo, profundo y tranquilo, y el del agua al golpear las rocas. No dejaba de fascinarme. La luz era asombrosa, nacía cada mañana, de un blanco tenue, después, casi un estallido de amarillo, y conforme avanzaba el día parecía tornarse de un amarillo aún más intenso. Cuando llovía, no era una lluvia realmente fría, aunque la mayoría de las noches hacía fresco.

Entre William y yo fue cimentándose una extraña compatibilidad. Hasta llegué a olvidar que antes tenía que bajar a la orilla del mar a soltar tacos porque no me hacía caso mientras cenábamos. Quiero decir que estábamos allí juntos por necesidad y nos adaptábamos a la situación. Hablábamos de las personas que íbamos conociendo, y una noche le hablé de Charlene Bibber, una mujer a la que había conocido en el banco de alimentos el día que Margaret me pidió que sustituyera a una voluntaria que no podía ir.

Fui al sitio en cuestión, un edificio de madera no demasiado grande, y éramos cinco voluntarias. Teníamos que empaquetar cajas y bolsas de comida guardando una distancia de dos metros y con mascarilla, o sea meter en las cajas latas de conservas, papel higiénico, pañales y carne congelada, y fruta y verdura en las bolsas de papel. La mayoría de los productos agrícolas eran del supermercado del pueblo, y la lechuga y el apio parecían un poco mustios, pero nosotras hacíamos nuestra tarea, con la idea de que cuando llegara la gente a recoger las cosas —según Margaret, el banco daba de comer a unas cincuenta familias— se las llevaríamos a sus coches.

Me colocaron en el extremo de una mesa sobre la que una mujer cerca de mí empujaba un carrito con ruedas con alimentos enlatados, y por la forma de la habitación era como si las dos estuviéramos un poco apartadas del resto. Esa mujer me dijo que se llamaba Charlene Bibber. Yo sabía que era voluntaria porque llevaba la misma bata azul que las demás voluntarias. Se puso a hablarme en voz baja, casi sin parar. Tenía el pelo ondulado, con algunas canas, y la nariz pequeña, ligeramente respingona: me fijé cuando se le resbaló la mascarilla. Lo primero que me dijo fue que tenía cincuenta y tres años. Mientras metía las latas de comida en las cajas, me contó que trabajaba de limpiadora en Maple Tree Apartments, una residencia para jubilados del pueblo. La pusieron en la calle tres semanas por el virus, pero después dejaron volver a las limpiadoras. Subiéndose la mascarilla, Charlene dijo que su marido había muerto años antes, y que no había podido tener hijos. Miré de reojo lo que se le veía de cara por encima de la mascarilla, mientras ella confesaba que no había superado la muerte de su marido, que había recurrido a un pastor de la iglesia —no concretó cuál— y que este le había aconsejado: «Levántate cada mañana con una sonrisa. Eso es lo que yo hago».

Charlene me miró.

—¿A que es una estupidez? —preguntó, y yo le respondí que sí, que era una estupidez.

Después añadió, en voz aún más baja, que había tenido «un rollo» —así lo expresó— después de la muerte de su marido con un tal Fergie, un hombre del pueblo, que murió, y su mujer había acabado viviendo en los Maple Tree Apartments. Charlene le robó un zapato. Solo uno.

—Pensaba devolvérselo a la semana siguiente, pero fue cuando nos echaron tres semanas —aclaró. Como nadie parecía estar escuchando, continuó—: También mentí en eso, porque cuando aparecí a la semana siguiente me dijeron que esa mujer, Ethel MacPherson, aseguraba que yo le había robado un zapato, y yo dije que se le iba la olla y todas se rieron, o sea las del despacho de dirección. Me dijeron que tenía que cogerme un permiso, o sea todas las limpiadoras (somos cuatro), por lo del virus. Y cuando volvimos, a las tres semanas, Ethel había muerto.

Pensé en esto unos momentos.

—¿Por qué solo un zapato? —pregunté. Sentía auténtica curiosidad.

Charlene asintió y contestó:

—Porque la primera persona a la que le hice la limpieza esa mañana... se llama Olive Kitteridge, y estaba sentada en su butaca como una rana enorme, esa Olive me dijo: «Llevo un buen rato pensando en una joven a la que un día le robé un zapato». Le pregunté que por qué solo uno, y me soltó: «Porque pensé que a lo mejor así creía que se había vuelto loca». Le pregunté si se lo llegó a creer, y Olive se encogió de hombros y dijo: «Ni idea».

Me caía bien esa mujer, Charlene Bibber.

Llevamos las bolsas y las cajas hasta los coches que estaban aparcados, y la mayoría de los conductores eran mujeres. Algunas iban con sus hijos. Y los niños me miraban y después apartaban la mirada. Y yo lo comprendía. Algunas mujeres mostraban gran agradecimiento, pero la mayoría se limitaban a recoger la comida y a dar las gracias antes de arrancar el coche. Y eso también lo entendía.

Cuando salimos, al acabar la jornada, me fijé en que en el parachoques del coche de Charlene había una pegatina del actual presidente del país. Me intrigó, me pareció verdaderamente fascinante.

Cuando le hablé a William de Charlene y le conté lo de la pegatina, dijo:

—Ya. —Parecía estar reflexionando sobre el tema—. No imaginaba a sus simpatizantes trabajando en un banco de alimentos, pero, claro, pueden hacerlo... y lo hacen. —Me miró—. ¡Madre mía! Hay que ver los prejuicios que puedo tener.

—Pues sí. —Y añadí—: Creo que no lo entendemos. Es evidente que no lo entendemos... Su punto de vista, quiero decir.

—Yo sí lo entiendo —replicó William.

Me sorprendió.

—Explícamelo —le pedí.

William se cruzó de piernas.

—Están enfadados. Han llevado una vida difícil. Fíjate en tu hermana, Vicky. Se está jugando el pellejo en el trabajo en este momento, porque no le queda más remedio, y aun así no sale adelante. —Añadió—: La gente tiene problemas, Lucy. Y los que no los tienen no lo entienden. A mí, sin ir más lejos, me sorprende que esa mujer, Charlene, trabaje en el banco de alimentos. Encima hacemos que la gente con problemas se sienta imbécil. No está bien.

5

Al hilo de lo anterior, creo que esto es importante: Tengo que hablarles de una noche de verano. William y yo salimos en el coche después de cenar (todavía había luz) y nos paramos en un puesto al lado de la carretera en el que vendían helados. El puesto de helados era un chiringuito azul con mucho césped alrededor y un árbol en medio. Cuando llegamos allí, la gente —no mucha— estaba arremolinada en el césped; salimos del coche y nos pusimos a la cola, manteniendo la distancia de seguridad con la mujer que iba delante de nosotros, que no llevaba mascarilla. La mujer que despachaba los helados no era joven y llevaba mascarilla, pero por debajo de la nariz. Me pregunté si William se negaría a que esa mujer nos sirviera los helados, pero no dijo nada, y lo que quiero decir es esto:

Había un hombre mayor con barba blanca sentado debajo del árbol en un taburete, tocando la guitarra y cantando una canción, y otro hombre —hasta yo me di cuenta inmediatamente de que no era de Maine, quizá de Nueva York, pero no pude ver la matrícula—, que acababa de comprar un helado, se subió a un coche con pinta de caro y los bajos muy pegados al suelo. Llevaba pantalones cor-

136

tos rosa oscuro y una camisa azul metida por dentro, y mocasines sin calcetines, y oí a varias personas detrás de mí hablando de él. «Forastero de mierda». Me volví y vi que quienes lo decían eran unos hombres sin mascarilla que me dieron un poco de miedo. Y entonces la mujer que estaba delante de mí en la cola —que no llevaba mascarilla— vio a otra mujer salir de su coche y se saludaron con un «¡hola!» echándose los brazos al cuello.

Lo que intento decir es que, durante unos minutos, tuve una especie de visión: que en el país había un malestar profundo, muy profundo, y que corrían rumores de guerra civil como una brisa que yo no notaba, pero sí presentía. Cuando nos dieron los helados nos marchamos, y le conté a William la sensación que había tenido.

—Lo sé —dijo.

No me ha abandonado la sensación de esa tarde.

En el cajón de los juguetes un día encontramos, debajo de unos trapos, dos coches de bomberos increíbles. Quiero decir, eran de metal, de unos treinta centímetros de largo, y con ruedas de caucho. Parecían muy antiguos, pero eran de buena calidad y estaban bien conservados, y uno llevaba una escalera de metal en la parte trasera que aún funcionaba. «Ven a ver esto», dijo William. Estaba alucinado con el hallazgo, y no me extraña: parecía que los hubieran fabricado en la época en que los juguetes se tomaban muy en serio. Los limpió y los puso en el antepecho del porche, esos dos coches de bomberos de tiempos pasados.

Cuatro

1

Una noche, mientras cenábamos, pregunté:

—William, ¿cómo está tu torre?

Lo dije en broma, pero él respondió muy serio.

—Mi torre, como tú la llamas —empezó a decir, mirándome con las cejas enarcadas—, construida para vigilar la llegada de submarinos alemanes, me recuerda todos los días lo que sufrió este mundo y lo que puede volver a sufrir. —Esperé, y él continuó—: Este país está metido en un buen lío, Lucy. El mundo entero está igual. Es como si... —Dejó el tenedor sobre la mesa—. Como si el mundo estuviera sufriendo un ataque de locura, y lo que digo es que vamos derechos al desastre. Nos estamos despedazando unos a otros. No sé cuánto tiempo seguirá funcionando nuestra democracia.

Y poco a poco comprendí que la relación de William con la torre era la relación con nuestro mundo en la actualidad. Había unido unos puntos de la historia de los que yo era consciente solo vagamente, a mi manera.

Volvió a coger el tenedor y seguimos comiendo en silencio. El mar se extendía ante nuestros ojos a través de los mosquiteros del porche, con su suave sonido ininterrumpido, y justo enfrente estaban las islas, ya con mucho más verdor, y el agua chocaba sin cesar contra las rocas.

2

Bob dijo que hacía demasiado calor para salir a andar conmigo, pero venía a casa y nos sentábamos en las sillas plegables, y a veces Margaret venía con él. Si no estaba ella delante, Bob se fumaba un cigarrillo, y parecía disfrutarlo enormemente. «Gracias, Lucy», decía en cada ocasión, y me guiñaba un ojo, con la mascarilla por debajo de la barbilla para poder fumar. Con Bob siempre me sentía a gusto. Hasta cuando no me acordaba de lo que iba a decir, él me animaba, encogiéndose de hombros. «No te preocupes». Le conté que William decía que el país —el mundo— estaba metido en un lío, y contestó: «Puede que tenga razón».

Con William... A veces parecía muy distante, y recordé que siempre había sido así. Pero también me di cuenta, como ya he dicho, de que me sentía aliviada al ver que cada día me resultaba más familiar, como antes. Sin embargo, no conseguía concentrarme, o no por mucho tiempo. Aunque ayudaba bastante volver a disponer de música, y a menudo me tumbaba en el sofá a escuchar música clásica en el teléfono.

Pero lo que me asustaba era no poder recordar a David de una forma verdaderamente concreta, salvo cuando escuchaba música. Se escurría y resbalaba por mi mente como si no pudiera estarse quieto. No lo entendía.

3

Las chicas me llamaban con mucha menos frecuencia que antes, por lo que lo recordaba. Tenía la sensación de que estaban alejándose de mí, y sabía que no me equivocaba. No entendía por qué. A veces me provocaba una terrible angustia, en lo más hondo. Cuando se lo contaba a William, se encogía de hombros y decía: «Déjalas tranquilas, Lucy».

Me acordé de una cosa: la última vez que vi a mi madre, cuando fui al hospital de Chicago en el que estaba muriéndose, hablé por teléfono con las chicas en varias ocasiones; estaban en el instituto y me preocupaba por ellas, y mi madre, que prácticamente no me dirigió la palabra durante la noche que pasé allí, dijo de repente: «Estás demasiado atada a esas chicas. Ten cuidado, acabarán volviéndose contra ti».

Eso es lo que me dijo mi madre.

Y a la mañana siguiente me pidió tranquilamente que me marchara. Y me marché.

Y ese recuerdo me asustó. Pensé: ¿tendría mi madre una visión? Y después pensé: no, solo envidia de lo mucho que yo quería a mis hijas. Pero quizá sí había tenido una visión, y yo no era la madre que creía ser.

¿Cómo puedo saberlo?

Creo que algunas personas lo saben, pero yo nunca lo sabré.

Las echaba de menos. Dios mío, cómo echaba de menos a esas chicas. Le pregunté a William cuándo podríamos volver a Connecticut para verlas, y propuse que Estelle y Bridget fueran en coche desde Larchmont. William dijo que algún día, pero no inmediatamente. Así que lo dejé pasar.

Guardaba el recuerdo de aquel día en el sendero de entrada, todos de pie, y después sentados al borde de la piscina, y de la incómoda situación. Y, a medida que pasaba el tiempo, la idea de volver a ver a las chicas de esa manera era casi tan desagradable como no verlas.

141

Pero también me preguntaba por qué no se ofrecían ellas a venir a vernos. Las dos habían pasado el covid, y también Michael: nada impedía que vinieran a vernos, manteniendo la distancia de seguridad. Cuando le comentaba a la gente lo mucho que echaba en falta a mis hijas, siempre había alguien que preguntaba: «¿Por qué no vienen a verte?». Y yo no me atrevía a reconocer: «Porque parece ser que no quieren». Y yo no les iba a pedir que vinieran. No soy una de esas madres, eso sí lo sé.

4

William había encontrado una nueva vocación.

El sobrino de Lois —el hijo de su hermano Dave, Joe— dirigía los patatales Trask con su padre. En los sembrados había problemas de parásitos, y a William le interesaba mucho el tema. Me dijo que la primera vez que llamó al sobrino de Lois, Joe se dirigió a él llamándolo «doctor Gerhardt». Joe y William hablaron largo y tendido de la Universidad de Maine en Presque Isle, que tenía un programa para ayudar a resolver el problema. William pasaba mucho tiempo hablando por teléfono con Joe —William decía que parecía «un tipo estupendo»—, y también con otros parasitólogos con los que había trabajado y que sabían más que él de esos parásitos en concreto. Y además estaba investigando. Mientras cenábamos me hablaba de esos parásitos y de lo que él estaba haciendo para ayudar. Se enrollaba interminablemente y, para ser sincera, muchas veces me cansaba. Pero me alegraba que se implicara tanto en algo. Me parecía más joven.

Yo me sentía cada día más vieja.

Mi madre (la de verdad, no la madre buena de mi invención) dijo en una ocasión: «Todo el mundo necesita sentirse importante». En eso pensaba mientras William me daba la tabarra con lo de los parásitos de las patatas.

Bob y Margaret nos invitaron una noche a una pequeña reunión con otra pareja en un local de la costa que servía comida para llevar. Allí que fuimos, y estuvo bien. Sus amigos me parecieron encantadores, y pasamos —pasé— un rato agradable. Pero esta no es la cuestión.

La cuestión es que, cuando volvíamos a casa, atravesamos una parte del pueblo en la que yo no había estado nunca. En esa zona de la periferia había casas salpicadas aquí y allá, unas casas azules, grises o blancas con árboles enfrente, y cuando pasamos por delante parecían muy tranquilas —era un pueblo pequeño—, y al pasar por delante de aquellas casas se me vino una idea a la cabeza con una fuerza terrible: que no eran muy diferentes de las que veía en mi infancia. Iba a veces a los pueblos vecinos de Hanston o Carlisle, en Illinois —aún podía verme al lado de mi padre—, y pasábamos por casas como esas. Recordé que en una ocasión vi a una pareja de jóvenes al lado de una de esas viviendas: iban muy arreglados y sus padres estaban enfrente haciéndoles fotos, y yo le pregunté a mi padre si era una boda. Me contestó que no, que era un baile de fin de curso, y añadió: «No son más que tonterías y chorradas». Eso dijo. Y esa noche, cuando William y yo volvíamos a casa después de una velada sumamente agradable, sentí un desgarro por dentro, la antigua desolación de siempre, porque eran casas en las que vivían personas que hacían cosas normales. Así lo veía cuando era pequeña y así lo veía ahora, y le dije a William: «Me pasé toda la infancia confinada. No veía a nadie ni iba a ningún sitio». La verdad de estas palabras me llegó a lo más hondo, pero William simplemente me miró y contestó: «Lo sé, Lucy». Fue algo mecánico, sin pensar en lo que yo había dicho: eso pensé.

Qué triste estaba esa noche. Comprendí, como lo he comprendido en diferentes momentos de mi vida, que el aislamiento infantil del miedo y la soledad no me abandonaría jamás.

Mi infancia había sido un continuo confinamiento.

5

Y entonces... Esa misma noche sufrí el terrible ataque de pánico.

Sobrevino cuando estaba intentando dormirme. Hacía un poco de calor en la pequeña habitación, y oía el ruido del mar por la claraboya, que estaba abierta, y también por la ventana, pero en realidad no lo oía, porque estaba aterrorizada. Comenzó al imaginarme mi casa de Nueva York y tener la sensación de que en realidad no quería volver a verla. Me imaginaba el vacío de las habitaciones: David ya no cruzaría nunca más la puerta, y, siempre que yo volviera allí, tendría que entrar yo sola. La idea me resultaba insoportable.

Y, cuando pensaba en mi casa, recordaba que David casi siempre había estado allí. Como tenía problemas en una cadera, no salía a dar largos paseos ni iba al gimnasio como otros hombres; siempre estaba allí, menos cuando ensayaba o tocaba con la Filarmónica algunas noches, y al pensarlo ahora... la casa ya no tenía ningún atractivo para mí.

Pensar en el chelo de David, metido en su funda y apoyado en una esquina del dormitorio, me alteraba. La imagen de su violonchelo casi me repelía.

Y me asusté. Me horrorizó la idea de no sentirme verdaderamente vinculada a la casa que me esperaba en Nueva York: sentí un miedo que no había conocido en toda la pandemia. Me levanté y bajé las escaleras; salí al porche y después al césped. La luna estaba casi llena, y contemplé el mar allá abajo, con la marea creciente y el agua batiendo perezosamente las rocas.

¡Mamá, ayúdame, tengo mucho miedo!, le dije a mi madre inventada, pero me respondió con vaguedad: «Ya lo sé, Lucy, y lo siento». ¡Ay, Dios mío! Pensé que mi vida era una pura invención. Excepto mis hijas, y quizá también me las hubiera inventado, quiero decir, su cariño mutuo y el que sentían por mí. ¿Cómo podía saberlo?

Me di la vuelta, pero veía borroso y solo podía distinguir nuestra casa en el acantilado, casi inclinada en mi imaginación por el miedo que tenía. Me senté en la hierba y me dije: «¡Basta ya, Lucy!». Pero no podía evitarlo, y no paraba de arrancar hierba con mano temblorosa.

Por favor, ayúdame, pensé, por favor... Pero cuando estás en pleno ataque de pánico no hay respuesta, y yo lo sabía.

Lloré, pero no mucho. No siempre puedo llorar.

Me levanté, y al entrar en la casa, casi a trompicones, oí a William saliendo del cuarto de baño de arriba; subí la escalera rápidamente y exclamé:

—¡Ay, Pill, Pillie! ¡Ay, Dios mío!

William volvía a su habitación; me miró y dijo:

—Qué guapa estás, Lucy.

¡Eso dijo!

—¿Te has vuelto loco? ¡Si parezco una vieja en una ficha policial!

—Qué va, estás guapa, con el pelo suelto y ese camisón, pero has adelgazado demasiado, Lucy. —Después pareció reparar en mi angustia y preguntó—: ¿Qué te pasa, Lucy?

Entré en su habitación y me eché a llorar. A llorar a mares.

—¡Cómo echo de menos mi casa, William!

William intentó ser amable, pero lo interrumpí:

—¡No lo entiendes! ¡No tengo una casa a la que volver!

—Claro que sí, Lucy. Tienes tu piso...

—¡No, no! ¡No lo entiendes! Es un sitio en el que viví, y quería a David, pero nunca fue un hogar. ¿Por qué no fue un hogar, William? El único hogar que he tenido en toda mi vida fue contigo. Y con las chicas.

Y seguí llorando. William me tendió los brazos para que me acercara a la cama.

—Ven, Botón. Siéntate aquí —dijo, y yo me senté en su regazo.

Me estrechó con fuerza. Se me había olvidado la fuerza que tenía William en los brazos. Hacía años que no me abrazaba. Y le pedí:

—Más fuerte, Pillie, abrázame más fuerte.

—Si te abrazo más fuerte, nos vamos a dar la espalda.

Lo mismo que cuando éramos jóvenes, la misma frase de Groucho Marx.

Seguí largo rato entre los brazos de William, que me acunaba suavemente. Su bondad me hizo llorar aún más, hasta que se me acabaron las lágrimas.

William dijo:

—A ver, Lucy. —Me apartó de la cara unos mechones de pelo—. Se me ocurren varias cosas.

—¿Qué? —pregunté, frotándome la nariz con el dorso de la mano.

—Creo que deberías dejar el piso de Nueva York.

—¡No puedo! —casi grité.

Pero William no perdió la calma.

—Lo único que digo es que te lo pienses, ¿de acuerdo? No tienes que hacer nada que no quieras hacer, pero piénsatelo. ¿Me estás escuchando?

Asentí.

—Muy bien. —Me colocó el pelo detrás de una oreja y me miró de una manera muy dulce e íntima—. Ay, Botón. No tienes que preocuparte tanto.

—¿Por qué no?

—Porque me tienes a mí.

Me puso una mano en la nuca y me atrajo suavemente hacia él.

Después volví a ponerme el camisón inmediatamente: sentía vergüenza, como una recién casada.

—Bueno, pues hasta aquí hemos llegado, ¿no?

—¿Hasta que nos muramos, quieres decir?

William esbozó una media sonrisa. Estábamos en su cama, juntos. Me rozó la punta de la nariz con un dedo y contestó:

—No, boba. Quiero decir para siempre y mucho más.

A partir de entonces dormimos en la misma cama todas las noches, menos cuando William roncaba y yo me iba a mi habitación, pero, cuando se despertaba nervioso —yo casi lo notaba dormida—, me levantaba y volvía a la cama con él.

Y así quedaron las cosas.

Voy a contar una cosa y no volveré a mencionarla.

Hace muchísimo tiempo conocí a una mujer que había tenido una aventura con un hombre durante seis años, un hombre impotente. Le pregunté —cuando ya la conocía bien— cómo era tener una aventura con un hombre impotente. Creo que lo habían operado de un riñón y lo dejaron así. Y la mujer, que hablaba bajito, me dijo, en voz baja y con una media sonrisa: «Lucy, no te puedes imaginar la poca diferencia que hay».

Y pensé que tenía toda la razón. Se equivocaba, pero también tenía toda la razón.

Pero la primera mañana, cuando me desperté, ¡William no estaba! Resulta que había salido a dar su paseo matutino, pero el hecho de que me dejara allí sola en la cama, en la casa, me dio miedo.

—¿Qué pasa? —preguntó al regresar.

—¿Adónde has ido? —pregunté yo.

—Joder, Lucy, pues a dar un paseo.

Así que también eso, que seguía siendo William. Y yo seguía siendo yo.

Pero éramos realmente felices. Mucho.

Una mañana le pregunté:

—¿Se lo contamos a las chicas?

—¿Lo nuestro, quieres decir?

—Sí.

William se sentó en el sofá y miró por la ventana entornando los ojos.

—No veo por qué no. —Tras unos segundos de vacilación, añadió—: Pero es algo íntimo.

—Eso es precisamente lo que estaba pensando —dije, y me senté a su lado.

Puso una mano sobre la mía.

—Podemos decírselo más adelante. —Me miró de soslayo—. Tenemos toda la vida para contárselo.

—Entiendo.

6

Y un día David se me apareció en un sueño. Parecía enfermo y envejecido y flaco, y tenía los ojos hundidos y ensombrecidos, me agarraba e intentaba tirarme a una especie de cubo de basura grande, empotrado en el suelo: quiero decir que forcejeamos. «No, David. ¡No quiero entrar ahí!», protestaba yo. Y no lo hice, y entonces él desapareció en el enorme cubo de basura empotrado en el suelo, pero enfadado porque no me había ido con él.

Por la mañana le conté el sueño a William.

—Fue una pesadilla. No era realmente David.

Aunque no estaba segura —en absoluto— de que no fuera realmente David.

William no dijo nada.

Una noche me asaltó un recuerdo: años atrás, cuando William y yo vivíamos con las niñas, todavía pequeñas, en nuestro piso de Nueva York, vi sus zapatos al lado de la cama. Yo había entrado en la habitación a colgar una camisa en su armario, y allí estaban sus zapatos, no los que se ponía para ir a trabajar, sino unos más deportivos, unos náuticos —creo que se llaman así— de piel, con un cordón también de piel todo alrededor. Y esto es lo que recordé: que me dieron repelús, la forma claramente amoldada a los pies de mi marido, el derecho ligeramente ladeado. Me dieron repelús los zapatos de mi marido. ¡Pobrecito!

Y pensé: ¿le habrá dado repelús alguna cosa mía? Seguramente sí.

Ahora ya no tenía esa sensación con sus zapatos. Cuando los veía en el porche, siempre me alegraba.

Volví a ver a Charlene Bibber un día. Iba por el parque que había en medio del pueblo. Me acerqué a ella y la saludé.

—¡Hola, Charlene!

—Hola, Lucy.

Hablamos unos minutos. Me contó que seguía trabajando en el banco de alimentos y también de limpiadora en los Maple Tree Apartments, y pasados unos minutos nos sentamos en los extremos de uno de los bancos que había allí. Las dos llevábamos mascarillas, aunque ella por debajo de la nariz. Le pregunté qué tal le iba el verano y me contestó, mirando al frente:

—Pues...

—¿Por qué no vienes a andar conmigo? —le propuse.

Quedamos para dar un paseo por la orilla del río el viernes, el día que ella libraba.

El viernes Charlene ya estaba en el aparcamiento cuando yo llegué, y, después de andar un ratito, preguntó:

—¿Te importa que nos sentemos en ese banco? Me paso los días de pie limpiando y me gustaría sentarme un poco.

—¡Pues claro! —contesté, y nos sentamos en un banco alargado de granito; no mantuvimos los dos metros de distancia, pero Charlene llevaba la mascarilla cubriéndole la nariz.

Y allí sentadas me habló otra vez de los Maple Tree Apartments, volvió a contarme lo de Ethel MacPherson, a quien le había robado un zapato, y cómo se había sentido cuando murió esa mujer.

Le aseguré que lo entendía.

Yo le conté que creía que se me estaba yendo la cabeza.

—¿En qué sentido? —me preguntó, y le expliqué que no me acordaba de las cosas y que muchas veces me sentía confusa.

Charlene inclinó un poco la cabeza hacia la mía, como si me prestara mucha atención, asintió y dijo:

—A mí también me pasa.

—¿Sí?

—Sí, sí. Y, como vivo sola y en realidad no veo a casi nadie, me preocupa todavía más.

Así que de eso hablamos, de que se nos iba la cabeza, y luego Charlene me contó lo de la mujer para la que limpiaba en los Maple Tree Apartments, Olive Kitteridge.

—Me siento fatal por ella —dijo—. Tiene una amiga, Isabelle, pero tuvo que cruzar el puente y ahora Olive parece deprimida.

—¿Qué quieres decir con cruzar el puente? —pregunté, y Charlene me explicó que era el siguiente nivel de cuidados después de vivir de forma independiente, más como una residencia de ancianos, y que literalmente había que cruzar un pequeño puente para llegar allí: por eso lo llamaban «cruzar el puente».

—¿Por qué tuvo Isabelle que cruzar el puente? —pregunté.

Y Charlene me explicó que porque se cayó y se rompió una pierna, y al salir de la rehabilitación ya no podía vivir sola.

—Es muy triste —dijo.

Nos quedamos en silencio un ratito, y luego añadió:

—Pero Olive va a verla todos los días. Dicen que va a su habitación a leerle el periódico de cabo a rabo, todos los días.

—Madre mía —dije.

Y Charlene asintió.

—Pues sí.

Quedamos en volver a vernos dos viernes después.

7

Como una semana más tarde —resulta difícil calcular el tiempo en una pandemia, pero fue en algún momento después de lo que he contado—, al volver de mi paseo vespertino, William estaba tumbado en el sofá y me dijo:

—Lucy, estoy mareado. Llevo una hora aquí tumbado esperando a que vuelvas, y estoy muy mareado.

—¿Por qué no me has llamado? —pregunté, sentándome en el sofá, a sus pies.

—No lo sé, pero estoy realmente mareado —repitió.

—Bebe un poco de agua —le dije, pero vi que tenía un vaso de agua al lado y se bebió lo que quedaba.

Me asusté y llamé a Bob Burgess. Y Bob dijo que llamaría a su médico por el móvil, que no me preocupara, que el médico y él eran amigos.

Pasados cinco minutos llamó Bob para decir que el médico había dicho que William se bebiera un litro de agua y que lo llamaría al cabo de diez minutos. Así que le hice beber cuatro vasos más, y poco a poco se le fue pasando el mareo. Pero yo tenía la sensación de estar metida en un bloque de madera, no se me ocurre otra forma de describirlo. Me quedé allí sentada, esperando. William se incorporó al fin. Me pareció viejo. No me miró a mí, solo miraba la habitación, sin parar. Seguimos esperando, y William me aseguró que ya no estaba tan mareado, pero volvió a echarse y se quedó dormido. Una hora más tarde sonó su teléfono. Era el médico de Bob, y después de hablar un rato con William concluyó que era deshidratación, que hacía calor y había que tener cuidado.

Eso fue lo que ocurrió. Después hice huevos revueltos para cenar, y William parecía animado. Pero yo no me animé. Pasé el resto del día callada, sintiéndome fatal.

Pero después de acostarnos, cuando William se durmió, me asaltó el recuerdo de una película que nos pusieron en el colegio cuando yo era muy pequeña. No recuerdo para nada de qué iba la película, pero sí el nerviosismo de la maestra al intentar poner en marcha el proyector. Funcionó, y esto es lo que recuerdo:

Al principio de la película se veía una pantalla azul con muchas pelotas de ping-pong rebotando, y de vez en cuando una de las pelotas chocaba contra otra y salía disparada. Y así seguía todo el rato, con las pelotas botando y rebotando al azar y chocando unas con otras. Y pensé —ya entonces, tan pequeña—: es como la gente. Eso pensé.

Lo que quiero decir es que tenemos suerte de chocar con alguien, pero siempre rebotamos en otra dirección, al menos un poco.

Y en eso pensé esa noche, en que mi pelota de ping-pong había chocado con la de William y sin embargo siempre salía disparada —incluso esa noche, un poquito—, y pensé también en David, cuya pelota de ping-pong ya se había ido muy lejos de mí, y en que Bob Burgess estaría en ese momento con Margaret, que no sabía que su marido necesitaba fumar de vez en cuando: era una necesidad a solas, salvo cuando su pelota de ping-pong chocaba brevemente con la mía y yo comprendía su necesidad de fumar. Y nuestras pelotas de ping-pong habían chocado entre sí cuando llamó al médico. Y cuando estábamos juntos.

Pensé en Charlene Bibber, que vivía sola, con miedo a que se le fuera la cabeza, y en mi pelota de ping-pong rozando la suya brevemente.

Entonces me sentí vieja, y William es todavía mayor que yo. Pensé que nuestra vida estaba casi acabada, y sentí auténtico miedo de que William muriera antes que yo y de verme realmente perdida.

William soltó un resoplido después de un ronquido en mitad de la noche, se despertó bruscamente y dijo:

—¡Lucy!

Y yo le contesté:

—¿Qué?

—¿Estás ahí?

—Aquí mismo.

Y volvió a dormirse enseguida: lo supe por la respiración. Pero yo no volví a dormirme. Seguí despierta, pensando: todos vivimos con personas, y sitios, y cosas a los que hemos dado gran importancia, pero, al final, nosotros no importamos nada.

Unas semanas después descubrí que a William no le gustaba que usara hilo dental. No lo dijo, pero poco a poco me fui dando cuenta de que todas las noches, o muchas noches, si me pasaba el hilo dental mientras hablábamos en el salón, William ponía cierta expresión, quiero decir, parecía aún más retraído, y un día le pregunté:

—William, ¿te molesta verme pasándome el hilo dental?

—Un poco.

—¿Por qué no me lo has dicho?

Se encogió de hombros.

Sentí una vergüenza terrible, a lo que contribuyó el recuerdo de que a mí no me gustaba ver sus zapatos cuando éramos jóvenes y estábamos casados.

Una noche, Margaret, Bob, William y yo fuimos a cenar al puerto deportivo. No dejaban entrar al restaurante y solo estaba abierta una parte del porche, pero era un local muy conocido y había mucha gente de Nueva York, Connecticut y Massachusetts. Se sabía por las matrículas, y yo los distinguía nada más verlos, por su forma de vestir diferente a la de los lugareños; no dejó de sorprenderme durante todo el verano que la gente siguiera viniendo a Maine en plena pandemia. Y eso que yo había hecho lo mismo.

Pero a lo que voy es a lo siguiente:

Había mesas de pícnic allí cerca, que fue donde nos sentamos los cuatro. William fue a la puerta a recoger la comida que habíamos encargado por teléfono. Era el mismo sitio en el que habíamos estado con Katherine Caskey una noche, solo que en esta ocasión nos sentamos más cerca del porche del restaurante. Y esto es lo que vi:

Una mujer realmente bien vestida, quiero decir que llevaba vaqueros negros y camisa azul y el pelo muy bien arreglado, rubio, pero no dorado... Pues esta mujer, que tendría cincuenta años como mucho, estaba sentada con un hombre al que yo no podía ver bien, pero parecía su pareja. Los observé a los dos, que no se hablaron en toda la comida. La mujer tenía una cara bastante bonita, pero también triste, y mientras yo estuve observándolos se tomó cuatro vinos blancos, uno detrás de otro. Servían el vino en vasos de plástico, supongo que por la pandemia, y esa mujer estaba allí sentada mientras yo la observaba, bebiéndose cuatro vasos de vino blanco mientras su marido, o quien fuera, no le dirigía la palabra, ni ella a él.

He visto suficiente mundo para saber que tenían buena posición económica, o seguro que mucho mejor que las personas del pueblo, y sin embargo allí estaban. Y lo único que digo es que comprendí —ya lo había comprendido antes, por supuesto— que en estas cosas el dinero no supone ninguna diferencia.

Podrían decir: bueno, es que era alcohólica. Pero yo la vi de otra manera, incluso si era alcohólica.

Me dio la impresión de haber visto un terror íntimo que no debería haber visto, y no hablé del tema con nadie, ni con William ni con Bob. Pero nunca olvidaré la cara de esa mujer. Su tristeza. Su dolor. Su miedo. Es curioso lo que recordamos, incluso cuando creemos que ya no recordamos bien las cosas.

Cinco

1

—«Llevo luto por mi vida» —me dijo alegremente un día William después de desayunar, varias semanas más tarde. Contemplábamos la lluvia estival sentados en el sofá.

—Eso es de Chéjov. ¿Cómo es que lo conoces? Me sorprende. Es de *La gaviota*.

William se encogió de hombros.

—Estelle y sus interminables ensayos. —Y repitió—: «Llevo luto por mi vida».

Tardé unos segundos en reaccionar. Sentados en el sofá, enfrente del mar, veíamos cómo la lluvia caía a raudales.

—¿Lo dices de verdad? —pregunté. Me volví a mirarlo.

—Claro que sí.

Le había crecido el pelo —aunque le clareaba por algunas partes—, y con el bigote de siempre, aunque no tan tupido, me resultaba familiar, pero también una versión mucho más vieja del William de antes. Pensé que habría dicho eso por lo de su próstata, pero solo dije:

—Cuéntame.

—Venga, Lucy. Es que, cuando me pongo a pensar en mi vida, pienso: ¿quién soy? Soy un imbécil.

—¿En qué sentido? —pregunté.

Y, curiosamente, empezó por hablar de su profesión.

—He enseñado a miles de estudiantes, pero ¿he hecho alguna contribución de verdad a la ciencia? No. —Abrí la boca, pero William levantó una mano para hacerme callar—. Y, en el plano personal, mira qué vida he llevado.

Pensé que debía de referirse a sus líos amorosos, pero no. Señalando la ventana, continuó:

—Mira esa torre, Lucy. El padre de mi padre, mi abuelo, ese viejo terrible al que conocimos cuando fuimos a Alemania hace tantos años, ganó dinero gracias a la Segunda Guerra Mundial. —Me miró—. Ganó dinero con los submarinos que llegaban a este puerto. Era un gran empresario, y lo único que le importaba era sacar dinero de donde fuera, y lo hizo durante la guerra. Y lo metió todo en Suiza. —Guardó silencio largo rato, mirando por la ventana. Después volvió a mirarme a mí—. Y yo acepté ese dinero, Lucy. No me digas que lo he repartido, sé que he donado mucho dinero, pero nadie dona lo suficiente como para cambiar su estilo de vida. Yo acepté ese dinero y aún tengo ese dinero. —Apartó la mirada y después volvió a mirarme—. Y me da verdadero asco.

No contesté. Por respeto, me quedé callada.

William se levantó y continuó en voz baja:

—Incluso mi madre me dijo que no debía aceptar el dinero, pero lo acepté. —Se acercó a la ventana y miró afuera; después se volvió hacia mí y añadió—: ¿Sabías que mi padre, justo antes de morir, supuestamente iba a heredar ese dinero y no lo aceptó?

La verdad es que me sorprendió mucho, y se lo dije.

William suspiró y volvió a sentarse en el sofá.

—Por eso mi madre pensaba que yo no debía aceptarlo, porque mi padre tuvo la decencia de no hacerlo. Y estuve racionalizándolo años enteros. Intenté convencerme de que era mío, de que no había ninguna diferencia con un niño rico que hereda de un padre alto ejecutivo. Pero sí hay diferencia. Mi abuelo ganó ese dinero con una guerra increíblemente espantosa. Mi padre no lo quiso, y yo sí.

Volvió a levantarse y se puso a dar vueltas por la habitación.

—Mi abuelo era avaricioso y listo. Y la mayor parte de lo que está ocurriendo en este país ahora también se debe a la avaricia. —Se volvió hacia mí—. Y podrías decir: pues dónalo, William, no es para tanto. Pero si me desprendiera de todo el dinero hoy mismo, cosa que no voy a hacer, ¿qué cambiaría? Nada. Ese dinero es el resultado de una terrible destrucción en este mundo, un mundo que puede volver a destruirse. Y yo he vivido en él con ese dinero todos estos años.

Volvió a sentarse en el sofá y se pasó la mano por el pelo, que se le alborotó y se le puso de punta.

Esperé un rato para ver si tenía algo que añadir, pero al parecer no era así. Al fin aventuré:

—Verás, William, yo siempre he tenido una teoría sobre las personas que han perdido a alguien y creen que el mundo está en deuda con ellas. —Le puse varios ejemplos: la persona que ha perdido a un hijo y después comete un desfalco en la iglesia de la que ha sido secretaria durante años, o la mujer que se dedica a robar cuando se entera de que su marido va a morir—. William, tú perdiste a tu padre cuando tenías catorce años, y yo creo que pensaste que te debían algo. —Y añadí—: O sea, creo que es muy humano.

William respondió, sin denotar la menor emoción en la voz, que tenía catorce años cuando murió su padre y treinta y tantos cuando heredó el dinero a través del fideicomiso cuya existencia desconocía.

—Eso no importa —repliqué.

Pero me di cuenta de que no me escuchaba, de que no se iba a dejar convencer.

Así que eso era lo que estaba carcomiéndole, haber aceptado el dinero de aquel hombre —de su terrible abuelo de ojos relucientes—, y lo que alentaba el creciente desprecio que sentía por sí mismo, aún más al ver en lo que se estaba convirtiendo el mundo. Comprendí que debía de haber sentido que estaba del lado de su abuelo y enfrentado a su padre, que no había aceptado el dinero.

Y parecía que mi pelota de ping-pong no podía rozar la suya en esos momentos. Estamos solos en nuestro sufrimiento.

Y de repente se le iluminó la cara.

—Pero tengo un plan: donar un montón de dinero a la Universidad de Maine en Presque Island para contribuir de verdad al desarrollo de la investigación de esos parásitos de la patata. Porque no son solo los parásitos, Lucy.

—Y me explicó cumplidamente que el cambio climático había prolongado la temporada del cultivo de la patata, lo que no era beneficioso porque había más plagas, y que estaban intentando desarrollar un tipo nuevo de patata. Se echó hacia atrás y concluyó—: Eso es lo que voy a hacer.

2

Una cálida tarde de agosto apareció Bob Burgess, y me dio la impresión de que William estaba esperándolo. «Aquí está», dijo, o algo parecido, y salió a recibirlo. Cuando yo salí, Bob me saludó con un amplio gesto de la mano y le preguntó a William: «¿Estás listo?». Y William le contestó: «Vamos allá».

Bob volvió a su coche, y William me abrió la puerta del pasajero del nuestro. «¿Qué vais a hacer?», pregunté, y William respondió: «Ya lo veremos».

Seguimos a Bob. Hacía un día precioso, y, al cruzar el pequeño puente, el agua era una maravilla verde en las dos orillas, y me pareció encantadoramente amistosa, con esas olas blancas que azotaban las rocas sin cesar. Al entrar en el pueblo continuamos detrás del coche de Bob por la calle principal, y después Bob se metió en un aparcamiento cerca de las tiendas —una librería en la que solo se podían recoger los libros, una tienda de muebles que estaba cerrada y un salón de té en el que vendían diversos productos y estaba abierto— y nosotros aparcamos al lado. Siempre detrás de Bob, dimos la vuelta al edificio donde estaba la librería, y al lado había un aparcamiento lleno de baches desde el que se veía el parque de bomberos. Bob sacó una llave y abrió una puerta en la que no te habrías fijado si no hubieras sabido que estaba allí, quiero decir que no era más que un trozo de acero pintado de verde claro. Dentro había una escalera de madera empinada, que subimos en fila india detrás de Bob, y arriba del todo, a la derecha, otra puerta. Bob sacó otra llave y entramos en un pasillo diminuto en el que había otra puerta a la derecha, y Bob la abrió, retrocedió y señaló la entrada con una mano. Dijo:

—Aquí lo tienes, Lucy. Tu estudio.

Al principio no entendí qué estaba pasando, pero en la habitación, que no era pequeña, había una mesa y una butaca tapizada de buen tamaño, además de un sofá, dos estanterías y dos lámparas encima de otras tantas mesitas.

—¿Qué es esto? —pregunté.

—Te hemos encontrado un estudio, Lucy —contestó William. Estaba realmente exultante, y su rostro reflejaba una profunda emoción—. Para que trabajes aquí.

Y se quedaron allí parados, aquellos dos hombres, con expresión de entusiasmo contenido...

No me lo podía creer.

Nunca había tenido una habitación para trabajar. Mía. Nunca.

3

Mi casa de Nueva York me preocupaba cada día más, y siempre que se me venía a la cabeza pensaba: no. Eso es lo que pensaba. Una noche de finales de agosto —había pasado todo el día en mi estudio—, cuando volví a casa le expliqué a William, como ya había hecho la noche del ataque de pánico, mis sentimientos hacia la casa de Nueva York, y me di cuenta de que me escuchaba. Me preguntó cuándo se renovaba el contrato de alquiler.

—A finales de septiembre —dije.

Se inclinó hacia delante y apoyó los brazos en las piernas.

—Pues déjala, Lucy.

—¡No puedo dejarla! —protesté.

William se echó hacia atrás.

—¿Por qué?

—Porque no puedo ir a Nueva York con este virus. ¿Cómo voy a sacar las cosas?

William apoyó los brazos en los brazos del sillón.

—Bob puede contratar a unos chicos del pueblo para que vayan a recoger lo que quieras. Es un piso minúsculo, Lucy. Piensa qué quieres de lo que hay allí y Bob mandará a esos chicos a que te lo traigan. De momento. Ya nos ocuparemos de lo demás más adelante. —Me quedé callada mientras asimilaba sus palabras—. Y ahora es el momento —añadió—, porque Nueva York no está demasiado mal, pero habrá otra ola cuando llegue el frío. Así que vamos a hacerlo ya.

—¿En serio? —pregunté.

William se limitó a mirarme arqueando las cejas.

Así que, a mediados de septiembre y con la ayuda de Bob —que encontró a tres jóvenes más que dispuestos a hacer el trabajo: estaban encantados, porque nunca habían ido a Nueva York—, trasladamos mis cosas a Maine. Le di todo lo de la cocina a Marie, que me ayudó con la limpieza: me hizo una videollamada desde el apartamento. Y también le regalé mucha ropa y la mayoría de las sábanas y las toallas. Como su tía quería la cama, se la llevaron a su casa, en el Bronx. La encargada de mi edificio, una mujer joven, se portó muy bien. Normalmente, cuando te mudas tiene que haber alguien en la casa, y los de la mudanza tienen que cumplimentar cosas del seguro, pero la encargada dejó entrar a los chicos y que se llevaran lo que quedaba: fue muy amable, como ya he dicho. A Marie le dije que le daría la indemnización de un año: había ido a mi casa —o más bien su marido, el portero— todas las semanas a regarme la planta, lo único que, además del chelo de David, realmente me importaba.

Cuando vi la planta, de más de dos metros, toda tímida en el porche, no podía creérmelo. No podía creerme lo que había hecho. Puse el chelo de David en la habitación de arriba que no usábamos, la de la estantería y los árboles pegados a las ventanas.

Al pensar en la casa de Nueva York, pensaba: se acabó, como todas las demás cosas acabarán algún día.

4

Me habían traído de Nueva York cuatro cajas de cartón grandes, llenas de viejos escritos míos y fotos, y un día William me ayudó a llevarlas al estudio. Revisé el contenido de las cajas lentamente, y fue muy raro. Había fotos mías de la universidad, con William y con otros amigos. ¡Qué feliz y joven parecía!

Encontré en un diario de cuando vivía con William y las niñas —tendrían ocho y nueve años por entonces— la anotación de un día en que decidí contratar a alguien para que limpiara la casa. Se presentó un chico joven, muy sudoroso y con pinta de nervioso. Apunté en mi diario la lástima que me daba verlo pasando la aspiradora con el sudor resbalándole por la nariz. Pero el joven en cuestión entró en el cuarto de baño y se quedó allí un buen rato, y, cuando se marchó, entré yo y me di cuenta de que se había masturbado, y reaccioné muy mal.

Me había olvidado del incidente, hasta que lo leí escrito con mi letra de cuando era joven. Por supuesto, me había asustado, porque mi padre hacía lo mismo con mucha frecuencia durante mi infancia. Según la anotación del diario, William no se preocupó cuando se lo conté. Quiero decir que no le dio importancia.

Llamé al joven y le dije que ya no íbamos a necesitarlo.

Revisar esos papeles fue muy extraño.

Encontré otra cosa, una tarjeta de felicitación de mi madre. Me acordé en cuanto la vi: era la última tarjeta que me había enviado, el año antes de morir. En la portada había unas bonitas flores de color violeta. Al abrirla se veía «Feliz cumpleaños» impreso, y debajo, solamente M.

5

William y yo seguimos haciendo excursiones en coche. Como no nos sentíamos seguros pasando la noche en ningún sitio, íbamos y volvíamos en el día. A finales de septiembre fuimos a una ciudad llamada Dixon, a casi dos horas. La ciudad estaba a la orilla de un río, y había una fábrica de papel que llegó a emplear a miles de trabajadores, pero llevaba muchos años casi cerrada y ya solo trabajaban en ella cien personas. A William le interesaban las fábricas antiguas; esta la había investigado, y dijo que el hombre que la había fundado, a finales del siglo xix, era inglés y había construido casas para los trabajadores bastante bonitas. La zona se llamaba Bradford Place. William me había enseñado una fotografía de las casas en el ordenador, y parecían preciosas, erigidas en pequeños cerros por todo el pueblo, viviendas pareadas de ladrillo y con amplios porches blancos. En lo alto de un cerro había una catedral enorme. La fotografía era de los años cincuenta del siglo pasado.

Lo que encontramos nos dejó horrorizados.

Dixon parecía una ciudad fantasma, aunque cuando llegamos adonde habían construido las casas para los trabajadores vimos a unas cuantas personas por allí. Las viviendas se encontraban en unas condiciones terribles: daban la impresión de estar echando las tripas en los jardines delanteros. Bicicletas rotas, grandes bolsas negras de basura, un marco de ventana roto: eso es lo que había delante de las casas, y algunos porches estaban abarrotados de trastos.

En algunas casas había enormes banderas estadounidenses colgadas de las ventanas de la fachada principal o en los porches. Las pocas personas que había en la calle nos miraron cuando pasamos en el coche.

—Madre mía —murmuró William.

Volvimos al centro, y William salió para ir a la tienda de una gasolinera a comprar dos botellas de agua. Yo me quedé en el coche y vi a un policía en un coche patrulla justo a mi lado: no llevaba mascarilla y no paraba de mirar el teléfono, y de vez en cuando cogía un vaso de cartón grande y bebía con una pajita.

Lo observé detenidamente.

Lo observé con gran detenimiento.

Me preguntaba: ¿cómo será ser policía, sobre todo ahora, en estos tiempos? ¿Cómo será ser tú?

Tengo que decirlo: esta pregunta es lo que me ha hecho escritora, el profundo y continuo deseo de saber cómo se siente una siendo otra persona. Y aquel hombre, de unos cincuenta y tantos años, cara amable y unos brazos que parecían fuertes, me tenía fascinada. De una manera que no me resulta insólita como escritora, empecé a sentir algo así como lo que sería estar dentro de su piel. Parecerá muy raro, pero fue casi como si notara que mis moléculas se metían en él y las suyas en mí.

Y después salieron tres jóvenes de la tienda de la gasolinera. Se quedaron en el aparcamiento abriendo bolsas de patatas fritas y riendo, pero me asustaron un poco: todos tenían la piel muy pálida y sus ojos decían que no les quedaba nada que perder en este mundo. El más joven podía tener trece años y parecía especialmente triste, con dientes como de conejo, y se notaba que estaba intentando impresionar a los otros dos, mayores, que no se dejaban impresionar.

Cuando William volvió al coche, fuimos a dar otra vuelta. Vimos la fábrica que, según él, en otros tiempos había enviado papel al mundo entero, a Europa e incluso a Sudáfrica. Seguimos por la orilla del río, y cerca del dique vi, entre los árboles, unas cuantas casas viejas y destartaladas.

En el camino de vuelta a Crosby, dije:

—He estado observando a un policía en su coche mientras tú estabas en la tienda. Voy a escribir un relato sobre él. —William me miró de reojo—. Se va a llamar Brazos Emory. Y tiene un hermano en el pueblo de al lado que se llama Piernas y vende seguros. Se llaman así porque de pequeños jugaban al fútbol, eran las estrellas. Brazos podía lanzar el balón como un huracán, y Piernas corría por el estadio como un loco.

—Vale —contestó William.

Empecé a escribir la historia en mi estudio. Me encantaba Brazos. Era simpatizante de nuestro presidente actual: me parecía verosímil. Entonces me di cuenta de que su hermano, Piernas, se había caído de una escalera hacía seis años, mientras limpiaba los canalones, y, en consecuencia, se había enganchado a los analgésicos.

Llamé a Margaret, que me puso en contacto con un asistente social que trabajaba con consumidores de drogas. Hablé largo rato con este señor para poder comprender la situación de Piernas. Después Margaret me pasó el teléfono de un hombre que había estado en el cuerpo de policía y él también me prestó una gran ayuda. «Los policías se cuidan unos a otros», afirmó.

Pensé en la historia y después me puse a escribir.

El padre de Brazos Emory había trabajado en la fábrica cuando estaba a pleno rendimiento, en la sala de tratamiento de la celulosa. Vivían en una de las bonitas casas de Bradford Place que habíamos visto William y yo. En aquella época todavía eran bonitas. El padre murió cuando los chicos eran pequeños, y la madre —a quien Brazos consideraba poco menos que una santa— se los llevó a una casa nueva, encontró trabajo en el hospital y les dijo a sus hijos que lo que ellos hicieran podría perjudicar la imagen de su padre, así que Brazos no bebía, ni siquiera ahora. Había pasado los días más felices de su vida en el campo de fútbol del instituto, cuando su hermano y él eran las estrellas. Quería a su hermano con toda el alma.

Me sentaba en la butaca tapizada de mi estudio a pensar en esos dos hombres. De vez en cuando escribía una escena, pero pasaba la mayor parte del tiempo sentada sin más, mirando al infinito. Simplemente pensando en ellos.

Caí en la cuenta de que el más joven de los chicos que había visto en el aparcamiento de la gasolinera debía de llamarse Esperma Peasley. Lo de llamarse Esperma era una broma, porque era tan pequeñajo y tan pálido que daba la impresión de que sus padres lo habían concebido con dos sábanas de por medio. Pero él ya nunca pensaba en su nombre. El mayor de los otros dos amigos se llamaría Jimmie Mamón, y sería el camello del pueblo. Y el otro chico era el primo de Esperma. Acababan de robar las bolsas de patatas fritas en la tienda. Y Esperma era todavía lo suficientemente joven para flipar con una cosa así.

Escribí estas frases: «Pero últimamente Brazos se sentía agotado, demasiado cansado para pelear con su mujer —hacía años que había dejado de gustarle—, y también demasiado cansado para pensar en las elecciones. Y, además, estaba nervioso. No veía la relación entre el nerviosismo y la fatiga: no era un hombre reflexivo».

En la narración contaba que, justo antes de la pandemia, Brazos había asistido a una reunión con otros compañeros para tratar la reforma de la policía, y que se había alegrado mucho de verlos. Era respetado, era sargento. Los orientó en el procedimiento que debían seguir: ni llaves paralizantes ni excesivo uso de la fuerza.

Dejaba a un lado el relato y me sentaba en la butaca tapizada a pensar en él. Pero escribirlo... Llevaba una buena temporada sin sentirme tan feliz. Era capaz de trabajar.

6

Una noche, mientras cenábamos, le hablé a William de mi hermano y de lo triste que me parecía su vida, y William replicó:

—Lucy, no quiero oírlo. Ya me lo has contado, y no quiero volver a oírlo.

—De acuerdo —dije.

Pero es que tenía en la memoria ese otro recuerdo de mi hermano que no conté antes, cuando mencioné que le pegaron una paliza en el recreo. Lo que recuerdo es esto:

Yo era pequeña y mi hermano algo mayor, quizá tuviera siete años por entonces. Cuando entré en casa un día, mi hermano estaba en el suelo del cuarto de estar, gimoteando, y vi que tenía varios alfileres clavados en el antebrazo (mi madre cosía y hacía arreglos en casa para sacar dinero). No me lo podía creer. Mi madre estaba también en el suelo, inclinada sobre él. Grité, y lo que siempre recordaré es que mi madre me miró y dijo con una extraña sonrisa: «¿Tú también quieres unos cuantos?».

Y salí de casa corriendo.

Una de las razones por las que creo que este recuerdo es verdadero es, en primer lugar, porque es muy raro.

Y también porque recuerdo ir con mi madre y mi hermano a la consulta del médico del pueblo tiempo después de que pasara esto. A mi hermano tenían que ponerle una inyección, y cuando vio al médico con la jeringa, salió por patas, asustado como un animal. Recuerdo que acabó a gatas debajo de la mesa, y que lloraba. Y también recuerdo al médico mirando a mi madre, y a mi madre riéndose y diciendo algo así como «¿Qué se le va a hacer?».

Se lo conté a William al principio de estar casados y no hizo ningún comentario, pero cuando empecé a ver a la psiquiatra, a mi encantadora psiquiatra, ella asintió con un leve movimiento de cabeza y dijo: «Ay, Lucy». Lo que quiero decir es que creo que ella sí me creía.

Con un desdeñoso gesto de la mano, William dijo esa noche:

—No es ninguna novedad. No quiero saber nada de tu hermano. Y, además, tiene a esa pareja de viejos con los que va al banco de alimentos, o lo que sea.

—Están muertos —repuse—. Los Guptill murieron hace unos años, y con esta pandemia mi hermano no puede ir a ningún sitio.

Y, aun así, William siguió sin querer saber nada de la vida de mi hermano.

Pero la vida de mi hermano había sido, y seguía siendo, muy solitaria. Y a veces se me venía a la cabeza, como esa noche. Recordé que años atrás mi madre me había contado —Pete ya era mayor en esa época— que mi hermano pasaba alguna noche en el establo de los Pederson —el que estaba más cerca de nuestra casa— con los cerdos que iban a llevar al matadero al día siguiente.

Y entonces William se puso a hablar de sus «sobrinos y sobrinas» —los hijos de los hijos de Lois Bubar, y los hijos de Dave y sus hermanos—, y de lo bien que les iba a todos, y de esto y lo de más allá —yo ya lo había oído antes, muchas veces—, y de lo listos que eran: ¡leían libros! Eso me soltó esa noche, después de no querer saber nada de mi hermano, y entonces recordé que a William no le gusta oír nada negativo.

Les pasa a muchas personas. William no es el único.

A mediados de octubre el follaje estaba precioso. Daba la impresión de que los colores habían llegado algo tarde, y, como había llovido tan poco durante tanto tiempo, la gente pensaba que a lo mejor por eso los árboles se sentían tímidos y no cambiaban a colores más radiantes. ¡Pero al final sí lo hicieron! Sí cambiaron.

He aquí un secreto sobre la belleza del mundo físico:
Mi madre me lo contó cuando yo era muy pequeña —mi madre de verdad, no la madre buena que me inventé más adelante para que estuviera conmigo—; mi madre de verdad me contó un día que los grandes pintores paisajistas comprendían una cosa: que en la naturaleza todo empieza con el mismo color. Y yo pensaba en esto mientras

veía cambiar las hojas. Podrían decir: ¡menuda tontería!, ¡hay rojos y amarillos y verdes radiantes! Y sí, los hay. Sin embargo, al pasear por la orilla del río, algo que hacía con más frecuencia últimamente, e incluso cuando andaba por la estrecha carretera, observaba una cosa: que los amarillos y los rojos y los verdes surgían en cierto modo del mismo color, y, aunque es difícil describirlo, lo veía con más claridad a medida que caían más hojas. Todo parece empezar con una especie de marrón y crecer a partir de ahí: las enormes rocas planas al borde de la carretera eran grises y marrones, y los robles, que se habían puesto rojizos, tenían ese color parecido al de las algas que yo he llamado cobrizo, y el agua, fuera verde oscura o gris o marrón, mostraba un tono similar.

También observé que por las tardes podían empezar a formarse nubes delicadamente otoñales: hacían que el mundo pareciera suave y silencioso, como si estuviera arrebujándose con las sábanas para dormir.

Lo que digo es esto: ¡qué increíble es el mundo físico!

7

William fue otra vez a Sturbridge para ver a Bridget y Estelle. En esta ocasión no lloró a la vuelta. Dijo que Bridget tenía dos amigas en Larchmont, la chica de la casa de al lado y la amiga de esa chica, y que parecía mucho más contenta.

—Claro, es una niña estupenda —dijo.

Pero, ¡ay!, el novio de Estelle la había dejado. O Estelle lo había dejado a él.

—Prepárate para lo que vas a oír. —William me miró con pesar—. El tío ese es gay.

—¿Que es gay? ¿Y ella no lo sabía?

—Supongo que no. —William se sentó en el sofá y estiró los brazos sobre el respaldo—. Yo no sabía que él era mayor, supongo que de esa generación en la que algunos hombres no querían ser gais.

—¡Qué triste, William! —exclamé—. Para todos ellos —añadí.

—Para Bridget no tanto.

—Pero Estelle ¿está bien?

—Eso parece. Me lo contó bastante animada. ¿Quién sabe? Estelle es Estelle. Lo llevará bien.

—Sí, pero de todos modos...

—Sí, ya sé, ya sé.

Y se puso a silbar, algo que llevaba años sin oírle hacer.

—Oye, Lucy, ¿quieres comprar esta casa? —me preguntó William a la mañana siguiente.

Aún teníamos puestos los mosquiteros en el porche y desayunábamos fuera, aunque hacía fresco. Yo quería volver a colocar el plexiglás, pero, cada vez que lo dejaba caer, William decía: «Todavía no, Lucy».

—¿Comprar esta casa? Lo dirás en broma.

Habíamos terminado el desayuno y estaba levantándome de la silla, pero volví a sentarme. Llovía sin cesar y el agua se arremolinaba enloquecidamente.

—Pues no. Bob acaba de ofrecerme un precio muy bueno.

Me quedé allí sentada, mirando al hombre con el que había estado casada, con el que tenía dos hijas y con el que, tantos años después, volvía a compartir cama.

—¿Ya está decidido? —pregunté al fin.

Y William se echó a reír, me cogió la mano y contestó:

—No, Lucy. —Me miró y añadió—: Probablemente. —Se encogió de hombros—. Como quieras.

—Si compramos esta casa, moriremos aquí —dije.

—Bueno, en algún sitio hay que morirse.

—También es verdad.

William se levantó y entró, y yo lo seguí. Iba ligeramente encorvado; ya no era joven; ya no era ni siquiera de mediana edad. Se sentó en el sofá y, dándose una palmadita en el muslo, dijo:

—Ven aquí, Lucy. Siéntate encima de mí. Me encanta que te sientes en mis piernas.

Me senté.

—A ver, escúchame —continuó William—. Tenemos que hacernos residentes de Maine. Van a sacar una vacuna, puede que incluso antes de que acabe el año, y naturalmente no vamos a volver a Nueva York para ponérnosla. Nos la pondremos aquí.

Me separé un poco para mirarlo.

—¿En serio?

—En serio.

Seguimos sentados en silencio largo rato, hasta que dije:

—Vamos a comprar la casa.

—Ya la he comprado —contestó William.

Así que nos hicimos residentes de Maine. Yo no podía creérmelo, pero era verdad. A William no le suponía ningún problema: su hermana vivía aquí, y sus sobrinos y sobrinas, y tenía toda una carrera por delante. Pero yo llamé a mi gestor, mi querido gestor —se había marchado de Nueva York, había dejado el despacho y se había mudado al norte del estado—, que me aseguró que sí, que podía encargarse de mis impuestos, pero añadió: «Pero, Lucy, si lo haces, tiene que ser en serio. No puedes volver a Nueva York el año que viene. Tienes que pasar más de medio año en Maine». Y yo le contesté que de acuerdo. Me parecía todo un tanto irreal.

Fuimos a hacernos los carnets de conducir de Maine, y a mí me preocupaba que el empleado que estaba detrás del mostrador dijera algo cuando viera que yo era de

Nueva York. Pero no dijo nada y me sacó dos fotos, porque le pareció que la primera no servía.

Llamé a Estelle un día, poco después.

—¡Ah, Lucy! ¡Qué alegría oír tu voz! —exclamó.

Le conté que nos habíamos hecho residentes de Maine, y dijo que seguramente era lo mejor.

—Pero es raro —dije.

—¡Ya me lo imagino! —contestó.

Después me contó que las cosas no habían salido bien con su pareja (así lo llamaba), y le dije que lo sentía.

—Bueno, sabía que era bisexual, pero no sabía que no pensaba renunciar a los hombres cuando estuviera conmigo —añadió.

Yo no supe qué responder, pero Estelle continuó.

—Pero no pasa nada. —Se rio con su risa cantarina—. Ay, Lucy, ¿no te pasa a veces que sientes pena por todo el mundo? —Y entonces comprendí por qué William se había enamorado de ella.

—Sé muy bien a qué te refieres —contesté.

Seguimos hablando, y Estelle estaba muy animada.

—¡Adiós! —se despidió justo antes de que colgáramos.

Aún me notaba la cabeza rara. Seguía sin acordarme de lo que había estado a punto de decir. Todavía, al entrar en una habitación, me preguntaba para qué había entrado. Me preocupaba, aunque Bob insistía en que a él le pasaba lo mismo.

Y Charlene Bibber también decía que le ocurría lo mismo. Seguíamos paseando juntas —pasábamos la mayor parte del tiempo sentadas en el banco de granito—, cada dos semanas, y en una ocasión me dijo:

—Me alegro de que no hablemos de política.

La miré.

—No debemos hablar de política nunca —asentí, y Charlene contestó que ya lo sabía.

—Yo lo agradezco —aclaró.

—Por supuesto —dije.

El paseo por el río era maravilloso, con tantos amarillos y naranjas, y ese día había muchas hojas amarillas en el suelo porque la noche anterior había hecho viento, y era como andar por una alfombra amarilla sobre la que el sol caía a raudales.

Nos sentamos en uno de los bancos de granito, y Charlene me dijo que se alegraba de tener trabajo de limpiadora en la residencia de ancianos Maple Tree. Volvió a contarme lo de Olive Kitteridge.

—Es demócrata, siempre está hablando del presidente. Lo odia. Pero no me importa, porque conmigo es amable. Bueno, no exactamente. Olive no es amable con nadie, pero se nota que le caigo bien, y está muy sola. A veces no hago nada y hablamos largo rato. Le encantan los pájaros. Y me habla de su primer marido, Henry, que es su tema favorito, y yo le hablo del mío.

—Qué bien —dije.

Charlene apoyó la barbilla en una mano.

—Pues sí.

Al despedirnos, dijo:

—Lucy, si crees que se me está yendo la cabeza, tienes que decírmelo.

—De acuerdo. Y tú lo mismo conmigo.

Nos despedimos con la mano.

Mientras volvía a casa ese día, me dio por pensar en esto: que Charlene emanaba un leve aroma a soledad. Y la terrible verdad es que había hecho que me encerrase ligeramente en mí misma. Y sabía que se debía a que siempre había tenido miedo a desprender ese mismo olor.

William estaba verdaderamente entusiasmado con los parásitos de la patata. Hablaba mucho por teléfono con Dave y otros miembros de la familia de Lois, y también con Lois: estaban planeando volver a verse en Orono antes de que hiciera demasiado frío, y Dave iba a acompañarla. El tema del cambio climático cada vez interesaba más a William, y estaba intentando ayudarles a desarrollar un nuevo tipo de patata, que pudiera sobrevivir al calor y la humedad. Me habló de ello, y de la gente que iba conociendo, y de repente me di cuenta de que a mí también empezaba a interesarme. Pensé que cuando una persona se entusiasma de verdad con algo puede ser contagioso.

Lo había notado hacía años, cuando era muy joven y daba clase en una universidad popular de Manhattan. Estaba tan ilusionada con los libros que había leído que, al verme, mis alumnos también empezaron a interesarse por los mismos libros, solo porque yo estaba tan entusiasmada con esos libros que había leído recientemente.

8

A finales de octubre, supuestamente iba a llover todo el fin de semana, y observé, aunque no le di mayor importancia, que William miraba con mucha frecuencia qué tiempo hacía y parecía preocupado por la previsión de lluvia. Le había pedido otra vez que colocase el plexiglás en el porche —ya no comíamos allí: hacía demasiado frío, aunque había una estufa—, y él me contestó lo de siempre: «Lo pondremos dentro de poco».

Pero el viernes seguía sin llover, y dijo:

—Venga, Lucy, vamos a Freeport, al L.L. Bean. No hace falta que entremos, solo llegamos hasta allí.

Eso hicimos. Yo siempre estaba dispuesta a ir adonde fuera, porque no había casi nada que hacer.

Me sorprendió la cantidad de gente que entraba y salía del local.

—Vamos a sentarnos aquí —dijo William.

Fuera había sillas y mesas de forja colocadas a la distancia de seguridad, y, como daba la impresión de que iba a ponerse a llover en cualquier momento, estaban vacías. Nos sentamos a una de las mesas, que tenía cubierta, y William dijo:

—Estupendo. —No paraba de mirar el teléfono.

—¿Qué estamos haciendo aquí? —pregunté—. O sea, por mí bien, pero me extraña que...

Y entonces —¡ay, Dios mío!— aparecieron nuestras hijas. Se dirigieron hacia nosotros, agitando los brazos como locas. «¡Mamá! —vocearon—. ¡Mamá!», gritaron a voz en cuello, y la gente se volvía a mirarme. «¡Papá!». Se acercaron a nosotros chillando, agitando los brazos por encima de la cabeza, y yo no podía creérmelo.

No podía creérmelo.

Chrissy y Becka llegaron hasta la mesa —William y yo nos habíamos puesto de pie—, abrieron los brazos y los acunaron como abrazándonos, e incluso con las mascarillas vi que irradiaban felicidad.

Nunca he visto nada tan hermoso como esas chicas. Esas mujeres. ¡Mis hijas!

No paraban de reír, y William también estaba radiante tras la mascarilla cuando me miró.

—¡William! ¿Lo has preparado tú? —pregunté.

—Entre todos —contestó Chrissy—. Queríamos darte una sorpresa.

Se sentaron a la mesa, y William y yo también nos sentamos. Nos pusimos a hablar, y hablamos sin parar. Las chicas habían ido en avión de Nueva York a Boston y después habían alquilado un coche para venir.

—No nos fiamos de nuestra habilidad al volante para venir desde Connecticut —explicó Becka, y lo entendí. Las dos se habían criado en una ciudad y habían aprendido a conducir ya de mayores. Habían reservado habitación en un hotel de Crosby, y William las había ayudado a organizarlo todo.

—Teníamos que venir ahora, antes de que empiecen a dispararse los casos otra vez —dijo Chrissy—. ¡Y aquí estamos!

—¡Ay, Dios mío! ¡Ay, Dios mío! —repetía yo una y otra vez—. Becka, ¿por qué pareces tan alta? —pregunté.

—Pues será por las zapatillas. Mira. —Adelantó un pie y vi que la suela de la zapatilla roja era muy gruesa. Las había comprado por internet—. Mamá, quiero contarte una cosa sobre un pijama que compré por internet —añadió—. Es de una empresa seria y fabricado en Estados Unidos.

Pero me explicó que, cuando lo recibió, se parecía a lo que llevaban los prisioneros de los campos de concentración, con unas rayas anchísimas, y cada vez que se lo ponía, o incluso si estaba tirado encima de una silla, no podía quitarse de la cabeza que parecía un uniforme de campo de concentración. Así que escribió a la empresa para contárselo, y no podrían haber sido más amables: incluso retiraron el producto de su página web y le enviaran otro pijama, liso, en azul marino.

Y allí estábamos los cuatro: Chrissy hablando con su padre y yo hablando con Becka, y luego todos a la vez. No había casi nadie en el avión. Al principio alquilaron una camioneta —Chrissy se moría de la risa al contarlo—, pero cuando fueron a recogerla decidieron cambiarla por un coche de verdad. Señalaron hacia donde estaba, pero quedaba demasiado lejos para distinguirlo.

Después subieron a su coche. Vinieron detrás del nuestro hasta Crosby y se registraron en el único hotel del pueblo. El vestíbulo era grande y estaba vacío, así que nos sentamos separados y seguimos hablando, sin quitarnos las mascarillas.

—Qué chulo es este pueblo, mamá —dijo Chrissy.

—Sí que lo es —coincidió Becka.

Después fuimos a la casa, nuestro coche delante del suyo, y cenamos en el porche —por eso se oponía William a volver a poner el plexiglás, porque sabía que las chicas iban a venir—, hablando sin parar. Les encantó la casa. Me dejó asombrada lo mucho que insistían en que les gustaba.

—Mamá, es fantástica, es genial —dijo Chrissy, asomando la cabeza por la puerta, pero sin entrar: se quedó en el porche, donde las ventanas estaban abiertas—. Oye, deberíais pintar las paredes de blanco. ¡Sí, es una brillante idea! —exclamó, volviéndose hacia nosotros con los ojos relucientes.

—Sí, eso, todas las paredes blancas —repitió Becka—. Y también la repisa de la chimenea, todo. Ponedlo todo blanco. ¡Menuda casa!

—Vuestro padre acaba de comprarla —intervine.

—¿En serio? —preguntaron al mismo tiempo, volviéndose a mirar a William. Y Chrissy añadió—: ¡Qué divertido! ¡Es preciosa!

Esto pienso: pienso de verdad que nunca he sido más feliz en mi vida.

Después, Chrissy nos contó que Michael y ella habían comprado la casa de Connecticut, que era de los padres de Michael, así que no pensaban volver a Nueva York.

—No tenemos por qué volver. Nos hemos acostumbrado a la casa, y vamos a poner el piso a la venta —explicó Chrissy.

Me sorprendió.

—¿Por qué no nos lo habías contado?

Chrissy se encogió de hombros y contestó:

—Bueno, acabo de contároslo.

Becka seguía en la casa de invitados, pero iba a mudarse a un piso en New Haven. Estaba pensando en volver a estudiar.

—¿Qué vas a estudiar? —preguntó William, y Becka respondió que no estaba segura. Y añadió—: Bueno, sí, Derecho. ¡Hice los exámenes y me salieron muy bien! He mandado la solicitud para Yale.

—Madre mía —dijo William.

—Ya. Bueno, vamos a hablar de otra cosa —replicó Becka.

El domingo por la tarde, cuando estaban entrando al coche para marcharse, anuncié:

—Papá y yo hemos vuelto.

Se quedaron las dos pasmadas.

—¿Estáis juntos?

Lo preguntaron casi al mismo tiempo, atropelladamente. William ya se había despedido y estaba en el porche.

—¿Estáis juntos?

Fue Chrissy quien lo repitió, y a mí me sorprendió un poco que les sorprendiera tanto. Chrissy se sentó al volante, y Becka dijo:

—Mamá, aparta un poco la cara. —Y me abrazó; las dos llevábamos mascarilla, por supuesto.

William y yo las despedimos con la mano mientras bajaban por el empinado sendero de entrada.

Me di cuenta de que no me sentía triste. William dijo: «Vamos a dar una vuelta», y eso hicimos. Mientras recorríamos las pequeñas carreteras de la costa, dije: «¡Qué sensación tan maravillosa han dejado!», y William me miró. «Sí, es verdad».

Si hubiera sabido cómo sería la siguiente vez que las viera... Pero no lo sabía.

Es un regalo de la vida no saber lo que nos aguarda.

Seis

1

Y llegó noviembre y se celebraron las elecciones. No creo que tenga mucho sentido referir todo eso. Únicamente diré que fue una época de mucha tensión, para mí y para la mayor parte del país.

El día de Acción de Gracias William y yo decidimos comer alubias y perritos calientes. Pensamos que era una magnífica idea, no sé por qué. Comimos judías rojas de bote y dos perritos cada uno, y yo hice tarta de manzana. Fue un día muy íntimo, un día que recuerdo con toda claridad.

Mi hermano me había dicho que iría a casa de Vicky el día de Acción de Gracias, como todos los años. «Pero, Pete, es peligroso. Vicky va a la iglesia sin mascarilla», y él replicó que no me preocupara, que él sí se pondría mascarilla y que solo iban a ser ellos y sus hijos. «Precisamente ese es el problema —protesté—. Es demasiada gente». Y después me callé, porque caí en la cuenta de que para mi hermano, que pasaba un día tras otro solo, Acción de Gracias siempre había sido algo especial, por Vicky y su familia. Cuando éramos pequeños íbamos a la iglesia congregacionalista, a la cena gratuita, y recuerdo que la gente era amable con nosotros ese día. Como entendí que para Pete era importante, me callé. Y charlamos sobre esto y lo de más allá, y nada más.

Una semana después de Acción de Gracias, mi hermana cogió el virus. Lila, su hija menor, me llamó para contármelo, llorando. «Está en el hospital y ni siquiera podemos ir a verla. Le han puesto un respirador». Escuché a mi sobrina y le hablé con serenidad, pero no logré consolarla. Le pregunté si su madre podía hablar por teléfono y me dijo que no, pero al día siguiente mi hermana me envió un mensaje de texto: «Lucy, esto no es ninguna broma y no creo que salga de esta».

Le envié un mensaje inmediatamente: «Te quiero».

Y un poco más tarde me contestó: «Sé que tú te lo crees».

Al día siguiente me envió otro mensaje: «Lucy, siempre te has creído mejor que yo. Y creo que has sido muy egoísta toda tu vida. Lo siento pero es lo que creo. Debería rezar por ti pero estoy demasiado cansada».

Me sentí como si me hubiera dado una puñalada en el pecho. Así me sentí.

Por teléfono, mi hermano me pareció cansado y evasivo. Cuando le dije: «Vicky me ha llamado egoísta», no hizo ningún comentario, así que le pregunté: «¿Tú crees que soy egoísta?». Y contestó: «Pues no, Lucy».

Vicky no murió del virus, pero mi hermano sí. Me llamó desde su casa y me dijo que tenía escalofríos —le rechinaban los dientes— y dificultad para respirar, y le supliqué que fuera al hospital, pero no me hizo caso.

—No será nada.

—¡Ve al hospital, por favor! —insistí.

—Vale, a lo mejor mañana —dijo después de un momento. Y antes de colgar añadió—: Oye, Lucy.

—¿Qué, Petie?

—No quiero que pienses que eres egoísta. Son cosas de Vicky.

—Ay, Petie. Gracias.

—Te quiero, Lucy. Adiós —se despidió en voz baja.

Mi hermano nunca me había dicho que me quería. Nadie de nuestra familia decía una cosa así.

Como al día siguiente Pete no contestaba al teléfono, estuve a punto de llamar al marido de Vicky para pedirle que fuera a su casa, pero después pensé: no, voy a llamar a la policía. Y eso hice. Respondió alguien que parecía muy serio y me aseguró que iría a la casa a ver cómo estaba mi hermano, y yo le di las gracias mil veces.

Y media hora más tarde llamó la policía para comunicarme que habían encontrado muerto a mi hermano, Pete Barton. Había muerto en su cama, la misma en la que había muerto mi padre muchos años antes.

Sentí una pena terrible. Al principio era terrible porque no dejaba de pensar en que Vicky me había llamado egoísta. Eso es lo que me mataba. Yo solo intentaba salvar mi vida, murmuraba una y otra vez. Pensaba en mi hermano, en lo pálido que siempre había sido, pensaba en los chicos dándole una paliza en el recreo, en los alfileres que le clavó mi madre en un brazo. Nunca tuvo suerte en la vida: también me repetía eso.

Cuando hablé con Vicky, que ya había vuelto del hospital, parecía tranquila, y comprendí que se debía a que creía que mi hermano estaba en el cielo. Y pensé en lo mala que había sido también la vida de mi hermana. Tenía a sus hijos, y a su marido, pero yo solo podía imaginármela de pequeña, cuando nunca sonreía y siempre estaba sola en el colegio. Guardaba una imagen suya pasando por delante del aula de arte un día: iba sola y parecía asustada, y esa imagen se me quedó grabada. Al verme, apartó la mirada (nunca hablábamos en el colegio cuando nos cruzábamos). Ese día estuvo a punto de caerme fatal, quiero decir que me asqueaba con su soledad y su miedo, dos cosas que yo sufrí durante todos los años de mi infancia.

Recordaba la última vez que había visto a mi hermano y a Vicky hacía años, pero también había ido a visitar a Pete mientras estaba en Chicago promocionando un libro. Conduje dos horas el coche que había alquilado hasta la casucha espantosa de nuestra niñez en la que él aún vivía, y mientras estaba allí llegó Vicky y nos pusimos a hablar, los tres, de nuestra infancia, sobre todo de nuestra madre. De repente me dio un ataque de pánico terrible y le pedí a Vicky que me llevara a Chicago y a Pete que nos siguiera en el coche de alquiler. ¡Y lo hicieron! ¡Mi hermana me metió en su coche y fuimos a Chicago! ¡Lo hizo por mí!

Antes de llegar a Chicago se me pasó el ataque de pánico, así que fui capaz de cambiar de coche con Pete y subirme al que había alquilado. Me despedí de ellos en el arcén de una autopista de cuatro carriles. Fue la última vez que vi a mi hermana. Y a mi hermano.

¡Pero hicieron eso por mí de buena gana!

Entendí perfectamente por qué Vicky me había llamado egoísta.

William tuvo que sentarse esa noche frente a mí, sujetándome las manos, mirarme a los ojos y decirme que yo venía de una familia muy muy triste, y que si me hubiera quedado más tiempo allí mi vida también habría sido triste. «Y mira lo que has conseguido, Lucy. Mira a cuántas personas has ayudado con tus libros».

Siempre he querido que mis libros ayuden a la gente.

Pero la verdad es que tengo la sensación de que no es así. Incluso si alguien me escribe diciéndome: sus libros me han ayudado, aunque me alegra recibir la nota, nunca llego a creérmelo. Quiero decir que soy un tanto impermeable a los elogios.

2

Una noche hubo una tormenta tremenda, con viento fuerte, y se nos fue la electricidad. Me desperté en mitad de la noche porque tenía frío, y William ya estaba de pie.

—Se ha ido la electricidad —dijo, y no con pesar.

—¿Qué hacemos? —pregunté.

—Esperar.

—Pero es que tengo mucho frío —protesté, y William trajo los edredones de las demás camas, pero no bastaron para que dejara de tiritar.

De pequeña, muchas noches no podía dormir por el frío. En eso pensé en aquel momento: en las pocas veces que llamaba a mi madre porque tenía frío ¡y ella me llevaba una bolsa de agua caliente! Aún recordaba su olor a goma, y que era roja, no muy grande, pero tan calentita, y no sabía en qué parte del cuerpo colocarla, porque me la pusiera donde me la pusiera, sentía un alivio enorme, pero entonces el resto de mi pequeño cuerpo se sentía abandonado, así que pasaba de un sitio a otro: todo eso recordé la noche que se nos fue la electricidad.

A la mañana siguiente Bob Burgess nos trajo tres linternas. «Dejad siempre una arriba, y las otras dos abajo, para que sepáis dónde están».

Esa misma mañana William me llevó en coche a mi estudio, y después fue a L.L. Bean. Cuando me recogió por la tarde, iba callado mientras conducía, aunque me rozó la mano unas cuantas veces. Y, cuando entramos en

185

nuestra habitación, vi dos edredones de plumón, blancos y mullidos como la nieve, preciosos allí en la cama.

William y yo dormíamos abrazados.

En diciembre noté un bajón de ánimo. Guardaba relación con la muerte de mi hermano: ya no era que Vicky me llamara egoísta, sino el simple y horroroso hecho de que Pete había muerto. Tenía la sensación de que mi infancia entera había muerto. Se podría pensar —yo habría pensado— que quería que toda mi infancia se borrara. Pero yo no quería que desapareciera toda mi infancia. Quería a mi hermano vivo, y había muerto solo en aquella casa diminuta. Pensé en cómo se había negado a ir al hospital con el virus y recordé el miedo que había pasado, de pequeño, el día que le pusieron una inyección, y me invadió la tristeza, una tristeza tan honda que la vivía como una enfermedad física.

Y oscurecía tan temprano, ya en pleno invierno, y hacía tanto frío que no podía andar tanto como cuando llegamos a Maine. Y ya no había encuentros sociales: hacía demasiado frío, y, además, el covid había llegado a Maine y se había propagado por todo el estado, así que teníamos que tener mucho cuidado. La mayoría de los días iba a mi estudio encima de la pequeña librería, y de verdad que podría haberme vuelto loca sin él. Aun así, casi me vuelvo loca. Todo se me hacía cuesta arriba. Incluso limpiar los dos baños de la casa me parecía algo imposible, aunque cuando al fin los limpiaba me sentía mejor. Unos minutos. Como les ocurre a muchas personas que se encuentran mal, esto iba acompañado de una sensación de vergüenza. No quería contárselo a William, porque, además, ¿qué iba a contarle? Lo único que podía hacer era resistir.

Pero William lo sabía, creo yo, e intentaba ser amable conmigo.

Agradecía su presencia, pero el duelo es una cuestión solitaria.

Una noche que estaba despierta en la cama, recordé lo siguiente: después de que mi padre muriera, se me apareció en sueños muchas veces. Venía a ver qué tal estaba y después se marchaba. Pero el último sueño que tuve con él fue así: iba en su vieja camioneta roja, conduciendo de una forma errática, y parecía enfermo, como antes de morir. Y en el sueño le decía: «No te preocupes, papá. Ahora yo puedo conducir la camioneta». Este recuerdo me llenó de tristeza y de felicidad a la vez. Lo había querido, a mi pobre padre doliente y maltrecho. Ahora yo puedo conducir la camioneta, le había dicho.

Pero con el paso del tiempo dejé de creer que podía conducir la camioneta. Apenas era capaz de seguir resistiendo.

3

Cuando entré en casa después del paseo de la tarde hasta la cala el 6 de enero, la televisión estaba encendida y William dijo: «Ven a ver esto, Lucy».

Me senté con el abrigo puesto y vi a gente asaltando el Capitolio en Washington. Vi esa noticia con la misma actitud que los primeros días de la pandemia en Nueva York, quiero decir que no despegaba la mirada del suelo, y otra vez con la extraña sensación de que mi cabeza —o mi cuerpo— intentaba distanciarse. Lo único que recuerdo ahora es a un hombre destrozando una ventana, gente entrando a empujones en el edificio mientras la policía intentaba contenerla. Ante mis ojos flotaban distintos colores mientras veía a individuos trepando muros, todos al mismo tiempo.

«No puedo ver esto», le dije a William. Subí al dormitorio y cerré la puerta.

Y entonces recordé lo siguiente: cuando era pequeña, íbamos a la iglesia congregacionalista del pueblo el día de Acción de Gracias, como ya he dicho, y recuerdo que la gente que nos servía la comida era amable con nosotros. Había una mujer, Mildred, alta y, a mis ojos, vieja, pero muy simpática conmigo. Y recordé oír cómo Mildred le decía a alguien que siempre que pasaba por el edificio en el que había muerto su marido —hacía varios años— miraba hacia otro lado para no verlo, porque no lo soportaba.

Y mi madre —la de verdad, no la madre buena que me inventé años más tarde— hacía comentarios mordaces sobre el hecho de que Mildred apartase la mirada del edificio en el que había muerto su marido. Mi madre decía que no había oído semejante tontería en su vida.

Pero yo pensé en Mildred.

Pensé que estuve a punto de tirarle a William el ordenador a la cabeza cuando me enseñó la necrológica de Elsie Waters. Pensé que muchas veces miraba al suelo mientras veía las noticias. Pensé que acababa de abandonar la habitación mientras saqueaban el Capitolio.

Pensé: Mildred, soy como tú. Yo también miro hacia otro lado.

Y pensé: hacemos lo que podemos para sobrevivir.

Durante las semanas siguientes William se interesó cada día más por las noticias.

—Lucy, ahí había nazis.

Y me contó, porque yo no lo había visto, lo del hombre que llevaba una sudadera en la que ponía CAMP AUSCHWITZ.

También me contó que se había visto una bandera con una esvástica y que había varias personas con camisetas con la leyenda 6MWE, que significa que los seis millones de judíos que murieron no fueron suficientes.

—Pero, William, ¡alguien tenía que saber que esto iba a ocurrir! Quiero decir, en el gobierno. Alguien tenía que saberlo, pero hizo la vista gorda.

—Ya lo averiguarán. —Y no añadió nada más. No sé muy bien por qué, pero me molestó. Que no tuviera nada más que decir sobre el tema.

Unos días más tarde me desperté en plena noche y me asaltó un recuerdo que me había quitado de la cabeza por lo desagradable que era: lo había empujado hasta donde los malos recuerdos se reducen a jirones de clínex, como en el fondo de un bolsillo. Este era el recuerdo:

En la gira promocional del otoño anterior a que ocurriera todo esto —la pandemia, quiero decir—, me pidieron que asistiera a una clase en la universidad en la que yo había estudiado, a las afueras de Chicago. Como Chicago estaba incluida en la gira, acepté. Pero la noche antes de la clase tuve un mal presentimiento. No sé por qué. Apenas dormí esa noche porque sentía un creciente terror.

En cuanto entré en el aula tuve la sensación de que mis temores eran fundados. Los estudiantes entraban y no me miraban, y me dio vergüenza. Supuestamente iba a hablarles de mis memorias, que trataban sobre criarse en la pobreza. Pero los estudiantes no me miraban. Y, como no me miraban, me convertí en lo que yo creía que estarían pensando de mí: una vieja que había escrito algo sobre vivir en la pobreza. Y sentí frío, emocionalmente, quiero decir. Porque pensé que ellos me veían así. Les pregunté de dónde eran, y todos y cada uno de ellos murmuraron el nombre de una ciudad que, casualmente, yo sabía que era rica. Una joven, la única que me miró brevemente, era de Maine.

Y pensé: esta no es la facultad a la que yo venía hace cuarenta años. Y creo que no lo era. Entonces no había esa atmósfera de riqueza que yo percibía en el aula, en esos jóvenes encerrados en sí mismos. Había quince, sentados alrededor de una mesa, como desmadejados, y no me miraban. Cuando la profesora empezó a hablar —era más bien joven, de voz alegre—, siguieron sin mirarme.

—Vamos a hacerle a Lucy las preguntas que habéis preparado —dijo.

Pero no consiguió sacarles nada. Hasta la fecha no he llegado a comprender qué pasó, pero la profesora fue incapaz de hacerles hablar, y estuvimos una hora entera allí sentados, en el aula, casi en silencio. Y pensé: es como si toda mi vida se hubiera reducido a un montoncito de cenizas en esta mesa. Sentí una profunda humillación, como si me recorriera el cuerpo de arriba abajo.

Un estudiante, un joven de Shaker Heights, me miró ceñudo y soltó:

—Su padre me pareció un bruto.

Pensé: ya estamos.

—Bueno, fue el producto de su tiempo y lugar en la historia —repliqué. Y nadie hizo ningún comentario.

—Vamos a hablarle a Lucy de los libros que hemos leído y que más nos han gustado —propuso la profesora.

Y, de todos los asistentes, dos chicas mencionaron un libro que había estado en la lista de los más vendidos durante dos años, y otros nombraron libros de los que yo no había oído hablar.

—Lucy, ¿tú qué has leído últimamente? —preguntó la profesora.

Y, al contestar que biografías de escritores rusos, observé que algunos estudiantes sonreían con aire de suficiencia.

Por último, la profesora dijo:

—Bueno, pues vamos a dar las gracias a Lucy por haber venido. —Y empezó a aplaudir, pero nadie siguió su ejemplo.

Mientras salía del edificio con la profesora, dijo:

—Ojalá pudiéramos tomar un café, pero tengo una reunión.

Apenas pude llegar hasta el coche de lo que me temblaban las piernas. Me habían humillado a más no poder, y recordé que, cuando una de las chicas —pelirroja y de ojos pequeños— mencionó su libro favorito, uno de los más vendidos, la miré y pensé: no llegarás a ser nadie de provecho antes de que el cambio climático te mate.

¡Eso pensé!

Sentada en el coche, en el aparcamiento, la vergüenza me caló hasta los huesos, la misma vergüenza que había conocido en la niñez. Esos estudiantes se habían portado exactamente igual que mis compañeros de clase en primaria, que nunca me miraban. Pero en esta ocasión no sabía por qué. Estos estudiantes... Su desdén hacia mí había sido tan real que al recordarlo ahora se me aceleraba el corazón. Pensé en mi sobrina Lila y en el hecho de que solo hubiera aguantado un año de universidad antes de volver a casa, y creo que entonces lo comprendí.

Y acostada al lado de William, que estaba dormido —lo sabía por su respiración lenta y regular—, y tan humillada como en aquella aula, pensé: comprendo a esas personas que fueron al Capitolio y destrozaron las ventanas.

Me levanté silenciosamente y bajé la escalera, sin dejar de darle vueltas a lo mismo, que durante la hora que había pasado a las afueras de Chicago había sentido la humillación de mi infancia con la misma intensidad que entonces. ¿Y si hubiera seguido sintiéndome así toda la vida, si con ninguno de los trabajos que había encontrado hubiera podido ganarme realmente la vida, si sintiera que la gente rica de este país me miraba siempre por encima del hombro, que se burlaba de mi religión y de mis armas? Yo no tenía ni religión ni armas, pero de repente entendí los sentimientos de esas personas: eran como mi hermana, Vicky, y las comprendí. Les habían hecho sentirse mal consigo mismas, las trataban con desdén, y llegó un momento en que no aguantaron más.

Me quedé largo rato sentada en el sofá, a oscuras; la media luna iluminaba el mar. Y pensé: no, los que fueron al Capitolio eran nazis y racistas. Y mi actitud comprensiva, imaginar a esa gente rompiendo ventanas, acabó ahí.

Unas semanas más tarde vi a Charlene Bibber en el supermercado.

—¡Charlene! —la saludé.

—Hola, Lucy —contestó. Me dio la impresión de que había engordado: los ojos parecían más pequeños en la cara.

—¿Qué tal te va? —le pregunté, y se encogió de hombros—. ¿Te apetece dar un paseo algún día? Hace frío, pero podríamos andar un poco.

Vaciló y al final accedió.

—Vale.

Así que quedamos el viernes siguiente a la orilla del río, y nos sentamos en un banco de granito, como solíamos hacer, y Charlene me preguntó si todavía pensaba que se me estaba yendo la cabeza. Le respondí que probablemente. Ella afirmó que en su caso estaba segura, y le pregunté que cómo lo sabía.

Charlene miró la rama de un árbol y dijo:

—Fíjate en eso. —Vi dos pájaros negros posados en una rama desnuda. Uno le pasaba el pico por la cabeza al otro y después lo bajaba por la espalda—. Mira, mira, Lucy..., cómo la quiere. La está cuidando. —Charlene bajó los ojos hacia mí—. Sé un poquito de pájaros, porque a Olive Kitteridge le encantan, y una de las cosas que me enseñó es que se cuidan mutuamente. —Volvió a mirar hacia arriba—. Seguramente le estará quitando bichitos o algo, para limpiarle las alas. Lo he leído en internet.

Cuando volvió a mirarme, sus ojos resplandecían, casi de felicidad, o eso me pareció.

De repente otro pájaro salió volando hacia ellos desde un árbol cercano y se quedó con la pareja unos minutos; después volvió a su árbol.

—Vaya, la carabina no les quita ojo —dijo Charlene.

—Qué curioso.

Seguimos observándolos un rato. Estaba nublado, y la negrura de los pájaros destacaba sobre el gris de la rama sin hojas en la que estaban posados, con el cielo de un gris más claro detrás.

Charlene suspiró.

—Voy a dejar de trabajar en el banco de alimentos.

—¿Por qué?

—Pues... —Se arrebujó con el abrigo—. Cuando lleguen las vacunas, que llegarán, yo no me la voy a poner, así que no podré trabajar allí.

—¿Eso te han dicho?

—Sí. —Charlene se frotó un ojo con una mano enguantada.

Estuve a punto de preguntarle por qué no iba a vacunarse, pero no lo hice, y ella no me explicó el porqué.

—Lo siento —le dije.

—Gracias.

Nos quedamos allí sentadas, en silencio, hasta que Charlene dijo:

—Venga, vamos a andar un poco.

Siete

1

A mediados de enero William recibió un correo electrónico que le comunicaba que reunía los requisitos para recibir la primera dosis de la vacuna. Concretaba fecha y lugar: 17.30, una semana después de ese día, en el hospital del pueblo. Reunía los requisitos por tener más de setenta años.

Conduje yo para que William pudiera buscar la ruta en el iPad. Estaba oscuro, y no funcionaba uno de los faros delanteros del coche. William me pidió que pusiera las largas, porque así funcionarían los dos. Lo hice, pero de vez en cuando el coche que venía de frente me daba ráfagas, y yo me sentía fatal, porque siempre he tenido miedo de hacer algo mal, de ser grosera: es auténtico pavor lo que siento.

Llegamos al hospital. Había un letrero enorme que indicaba que había que ir a la parte trasera, y eso hicimos; después, William entró. Yo me quedé esperando, observando a la media luz el entrar y salir de la gente. Por su manera de andar, algunos parecían más bien jóvenes, en forma para tener setenta años o más. Otros caminaban con cautela, muchos iban solos, y unas cuantas parejas no salieron del coche. A la luz de las farolas los vi peleándose con los papeles que tenían que rellenar —William también tuvo que hacerlo—, y su vulnerabilidad me conmovió.

William me envió un mensaje en el que decía que ya le habían puesto la vacuna pero que tenía que esperar diez minutos. Salió y volvimos a casa con las luces largas, y unas cuantas personas me hicieron señales y volví a sentirme fatal. Pero William se había puesto la vacuna. Tenía que volver tres semanas después.

Yo todavía no sabía cuándo me la pondrían a mí.

Y durante esa época me sentía triste con frecuencia, no sé por qué. Era febrero y hacía mucho frío. Solo veía a Bob una vez a la semana: nos forrábamos de ropa y andábamos por la orilla del río. Pero los días se iban alargando, y Bob comentó que en esa época del año, cuando el sol se pone, no «se marcha, que es la sensación que tienes en diciembre. Solo se está preparando para el día siguiente». Lo entendí, porque cuando empezaba a ponerse el sol estallaba en el cielo un resplandor amarillo que después atravesaba las nubes de rosa.

Pero en realidad no veía a nadie más, y William hablaba a menudo por teléfono con personas con las que había trabajado —o con el hijo de Lois Bubar—, y estaba entusiasmado con su trabajo en la universidad.

Todo el mundo necesita sentirse importante.

Volví a recordar que mi madre —mi madre de verdad— me había dicho esa frase un día. Y tenía toda la razón. Todo el mundo necesita sentir que importa.

Yo no tenía la sensación de ser importante. Porque, en cierto sentido, nunca he sido capaz de sentir algo así. Y los días se hacían difíciles.

Otra vez empecé a despertarme cuando todavía estaba oscuro, y me quedaba en la cama pensando en mi vida, sin encontrarle sentido. Se me aparecía como en fragmentos, y el hecho de que mi hermano hubiera muerto y de que mi hermana llevara toda la vida resentida conmigo me pesaba en el alma como un montón de arena oscura y mojada, y luego pensaba en cuando mis hijas eran pequeñas, pero no siempre eran recuerdos felices, porque solo parecía recordar que William me había engañado durante años en esa época, de modo que lo que podría haber considerado un buen recuerdo no lo era. Me preguntaba cómo se había vuelto mi vida tan diferente a como la había imaginado para estos años, mis últimos años. Pensaba en cómo había fantaseado con pasar las Navidades con Chrissy y Becka y más adelante con sus hijos —¡y con David!—, en casa de una de ellas, en Brooklyn. Pero ya ninguna de mis hijas vivía allí y probablemente nunca volvería a vivir.

Pensé en cómo pasaría los días en esta casa encaramada en un pequeño acantilado de la costa de Maine, con William, en que Bridget vendría en verano, incluso podría venir alguna Navidad. ¿Cómo iba yo a saberlo?

Me preguntaba si tenía demasiado miedo como para volver a Nueva York. Es curioso, pero tenía la sensación de que en mi mundo de reclusión eso había empeorado, quiero decir, mis temores.

No me abandonaba la sensación de que la vida tal y como la había conocido había desaparecido.

Porque era así.

Sabía que era verdad.

Le conté a Bob todo esto un día de finales de febrero, mientras paseábamos por la orilla del río. No hacía demasiado frío y el río no se había helado. Bob iba con las manos en los bolsillos y me miraba de reojo; la mascarilla le cubría casi toda la cara.

—¿Qué quieres decir? —preguntó, y yo intenté explicarle que siempre había sido una persona muy miedosa, y que ahora tenía miedo de pensar en qué pasaría si algún día volvía a Nueva York... ¿Cómo lo haría? Dije que ya no era joven, y Bob replicó—: Sí, claro. —Pero añadió—: Es curioso que digas que eres miedosa. Yo te considero una persona valiente.

—¿Lo dices en serio?

Me paré para mirarlo.

—Completamente. Piensa en tu vida. Tuviste unas circunstancias muy difíciles, dejaste un matrimonio que no funcionaba, has escrito libros que han llegado de verdad a la gente. Te casaste con otro tío que se portaba maravillosamente contigo. Lo siento, Lucy, pero eso no es lo que hace la gente miedosa. —Echó a andar de nuevo—. Aunque sé a qué te refieres con lo de Nueva York. Margaret lo odia, así que ya no me acompaña, pero yo he estado pensando en cómo será cuando me pongan la vacuna.

Dimos un verdadero paseo aquel día.

Bob me habló de su hermano, Jim, que vivía en Brooklyn con su mujer, Helen. No los veía desde hacía más de un año, aunque Jim acababa de ponerse la primera dosis de la vacuna.

—¿Quieres que te sea sincero, Lucy? —Se sentó en un banco de granito para fumar. Sacó un cigarrillo del paquete, lo encendió y volvió a guardarse el paquete en un bolsillo. Exhaló el humo—. Se podría decir que Jim ha sido el amor de mi vida. ¿Te parece raro? —Me miró—. O sea, he querido muchísimo a ese chico, y eso que me mataba a disgustos, pero siempre ha sido para mí..., no sé, como el combustible que me ha ayudado a seguir adelante.

—Ay, Bob. Qué bien te entiendo.

—Quiero decir, cuando Pam me dejó, me quedé hecho polvo. —Me contó que se había mudado a un cuarto piso sin ascensor en Brooklyn para estar cerca de su hermano, y que Jim se había burlado de la casa, llamándola «habitación de estudiante». También me contó que bebía demasiado en aquellos tiempos, que prefería no pensar en esa época, y que finalmente se trasladó a un edificio con portero en el Upper West Side de Manhattan—. Y ¿quieres que te diga la verdad? —Le dio otra calada al cigarrillo, moviendo la cabeza—. La verdad es que ojalá Pam no se hubiera marchado. Sí, Lucy, ojalá hubiera podido tener hijos conmigo. La echo de menos, y creo que ella a mí.

—Sí, sí —le aseguré—. La vi en la fiesta del setenta cumpleaños de William, y me dijo que no ha dejado de pensar en ti.

Bob seguía moviendo la cabeza.

—Qué tristeza. Creo que está bien, con sus hijos y todo lo demás, y hablamos de vez en cuando. Pero es una historia triste, Lucy. Pam y Jim están en Nueva York y allí van a quedarse siempre, y yo me quedaré siempre en Maine.

Guardamos silencio mientras yo lo asimilaba. ¡Ay, qué pena me dio!

Pasado un rato volvimos a hablar. Le dije que sospechaba que William y yo seguiríamos juntos hasta el final y que me alegraba, pero que yo me sentía un poco insegura.

Bob me miró entornando los ojos.

—¿Insegura por qué, Lucy?

—La verdad es que no lo sé. —Moví las piernas, inquieta—. Pero a él le encanta estar aquí. Tiene a su «hermana» —dije mientras dibujaba en el aire unas comillas—, y la quiere, y eso me parece muy bien. Pero está realmente entusiasmado con lo que hace en la Universidad de Maine, y están contentísimos con él, así que, no sé... Quiero decir que no sé qué pasará cuando todo esto acabe. El otro día, al hablar de su casa de Nueva York, dio a entender que yo iría con él, pero yo le dije que no, que estaba la casa de Estelle y yo no pensaba quedarme allí. A mí me parece lo más normal, pero, por lo visto, a él le sorprendió un poco.

—Verás, Lucy. —Bob me miró directamente a los ojos—. A mí, personalmente, nada me gustaría más que te quedases aquí.

Eso fue lo que me dijo.

Me hizo sentir importante. Bob Burgess era la única persona que parecía capaz de hacer algo así en aquellos días.

2

A principios de marzo habían ocurrido varias cosas: Había acabado el relato de Brazos Emory. Cuenta que Brazos descubre que Jimmie Mamón le está vendiendo sus drogas a Piernas, y lo único que quiere es encontrar al tal Jimmie.

Brazos encuentra a los tres jóvenes en una de las casas abandonadas que yo había visto entre los árboles a la orilla del río, en Dixon, y mientras le da un rodillazo a Jimmie para meterlo en el coche patrulla, Esperma llega corriendo y le clava los dientecillos puntiagudos en la pantorrilla al policía, que se enfurece de tal manera que agarra a Esperma y con sus fuertes brazos le rompe el flaco cuello sin querer.

La historia termina con una incursión en el futuro: Brazos se jubila del cuerpo de policía y todos los días va a ver a Esperma, que está en silla de ruedas y con respirador, a la miserable casa en la que vive con su madre, y acaba queriendo al chico tanto como había querido a su hermano: lo afeita delicadamente cuando empieza a apuntarle la barba en las mejillas y también le corta las uñas.

Esa noche le dije a William, que estaba leyendo un libro:

—Mi relato de Brazos Emory es comprensivo con un poli blanco al que le gusta el antiguo presidente y que comete un acto violento y no le pasa nada. Quizá no debería publicarlo precisamente ahora.

William despegó la vista del libro y replicó:

—Pues a lo mejor podría contribuir a que la gente se entendiera. Publícalo, Lucy.

Guardé silencio un rato. Al fin dije:

—A mis alumnos les decía que escribieran a contrapelo, o sea que intentaran salir de su zona de confort, porque es ahí donde ocurren las cosas interesantes en una página.

William siguió leyendo.

—Tú saca el relato.

Pero sabía que no podía fiarme de mí misma —ni de otras personas, pero sobre todo de mí misma— a la hora de saber qué hacer en los tiempos que corrían. Sabía que muchas personas comprendían lo que estaba bien y lo que estaba mal, pero yo no acababa de comprenderlo del todo. ¡Mamá!, le grité a la madre buena de mi invención, y ella contestó: «Ya lo entenderás, Lucy. Como siempre».

No estaba yo muy segura de que fuera verdad.

Pero me sentía muy triste por Brazos Emory: lo quería.

3

Me puse las dos dosis de la vacuna, con un intervalo de tres semanas. La segunda vez que me clavaron la aguja en el brazo estuve a punto de llorar. Pensé: soy libre. Volveré a ver Nueva York.

William y yo trazamos un plan. Yo iría en tren a New Haven y pasaría una noche con Chrissy y otra noche con Becka en su piso nuevo, y después iría a Nueva York y me quedaría allí una semana. William iría en avión a verlas, con Estelle y Bridget, antes de reunirse conmigo. Las chicas vendrían por separado a verme a Nueva York, eso me dijeron, y a mí me pareció un poco raro, quiero decir que viniera cada una por su lado.

Y después vería a William allí, y las chicas volverían para visitarlo. Reservé un Airbnb en Nueva York, o más bien lo reservó William.

Mientras esperábamos a que pasaran las tres semanas para que mi organismo asimilara la vacuna, me llamó Becka para decirme que la habían admitido en la Facultad de Derecho de Yale. Me dejó pasmada, la verdad. A William no, por lo visto. «Siempre hemos sabido que es muy lista», dijo. Y era verdad. Pero ¿Becka en Yale? ¿En la Facultad de Derecho?

«No exageréis cuando habléis con Chrissy. No es para tanto», añadió Becka. Y me llevé otra sorpresa. Chrissy había ido a la Facultad de Derecho de Brooklyn, y yo no me había percatado de que existiera rivalidad entre ellas. Chrissy era la mayor, un tanto mandona, y de joven mangoneaba un poco a Becka, que parecía tomárselo bien (en la mayoría de los casos).

Así que no mencioné el asunto cuando hablé por teléfono con Chrissy, y ella tampoco. Parecía tan distraída que le pregunté si estaba bien, y contestó:

—Venga, mamá. Por favor, claro que estoy bien.

—Bueno, te veré pronto.

—Sí, nos vemos pronto —y colgó.

Me quedé sentada un buen rato después de esa llamada.

Ocho

1

Así que un día de la primera semana de abril William me llevó a South Station, en Boston, y me dejó en un tren para New Haven. En el camino hacia Boston, observé que había sitios para aparcar en la calle. Y que el cielo era azul. ¡Muy azul!

—Es porque no hay tráfico desde hace un año —dijo William.

Encontró aparcamiento no lejos de la estación, salimos del coche y me llevó la maleta de ruedas. La ciudad parecía centellear con la luz del sol y el azul del cielo.

Pero cuando entramos en la estación me quedé atónita. Daba la sensación de que había habido una guerra, una guerra que aún no había acabado. Las luces estaban muy tenues, y todas las tiendas cerradas, salvo un local de dónuts que solo servía café, y la mujer que despachaba estaba con su hijita al lado, sentada en un cajón de madera: los colegios seguían cerrados.

—William —susurré.

—Ya, ya —dijo William.

Había un policía vigilando.

En un lateral había unos bancos, y en los bancos personas sin hogar, muchas dormidas, otras simplemente mirando al vacío, con sus bolsas de periódicos y ropa al lado. Una mujer mayor que no tenía pinta de ser una sintecho se levantó del banco y se puso a dar vueltas por la estación. Llevaba un vestido bastante bonito y hablaba mientras andaba: pensé que a lo mejor por teléfono, pero cuando pasó por delante de mí comprobé que no era así. «He entrado en la tienda a ver si me daban un bollo». Eso es lo que la oí decir.

William subió conmigo al tren porque se lo permitió la revisora, que nos dijo: «El noventa por ciento de la gente que trabaja en estos trenes ha pillado el virus. Pero yo no. He sido supercuidadosa, tengo un hijo discapacitado». Después siguió recorriendo el pasillo, y William tuvo que marcharse. Se quedó frente a mi ventanilla y me despidió con la mano. Empecé a sentir una especie de vacío: es la única manera que tengo de explicarlo.

Había más gente en el tren. Al otro lado del pasillo, una joven leyendo un libro, y de vez en cuando me miraba y sonreía. Y había un hombre unas filas por delante de mí, y cada vez que la revisora pasaba a su lado decía: «Póngase la mascarilla cubriéndole la nariz», y el hombre se disculpaba.

Yo miraba por la ventanilla, pero no sentía casi nada.

Y por fin el tren entró en New Haven.

Lo primero que pasó fue esto: salí del tren, miré a mi alrededor, y hasta que no echó a andar hacia mí no reconocí a mi hija Chrissy.

Estaba otra vez muy flaca. No tanto como cuando estuvo enferma hace años, cuando William y yo nos separamos, pero había adelgazado bastante.

—Hola, mamá —dijo, y nos abrazamos.

—Chrissy...

—¿Qué?

Llevaba unos vaqueros ceñidos que le hacían unas piernas interminables.

—Cariño, estás muy flaca otra vez.

—Hago mucho ejercicio. —Levantó un brazo y me enseñó el pequeño músculo que le abultaba la camisa ceñida.

—Pero, Chrissy...

—Déjalo, mamá —me interrumpió—. No empieces con lo del peso.

—¿Dónde está Becka? —pregunté.

—Esperándote en su casa —contestó Chrissy.

Así que fuimos allí en el coche. Chrissy parecía dominar la situación, como si fuera presidenta o directora de algo —eso es lo que se me pasó por la cabeza—, y cuando llegamos al pisito de Becka, no lejos de Yale, aparcó y dijo:

—Es el segundo piso. Mañana nos vemos.

—¿Mañana? Pensaba que íbamos a cenar todas juntas.

—No, tienes que verla sola. Adiós, mamá.

Y arrancó el coche.

Becka bajó corriendo las escaleras y abrió la puerta.

—¡Mamá! —Me echó los brazos al cuello—. ¡Podemos abrazarnos, mamá!

Y nos abrazamos. Ay, mi querida Becka. Subió las escaleras delante de mí, arrastrando la maleta de color violeta, y su piso era pequeño pero encantador. Tenía la cama en una alcoba, y un trozo de tela en esa pared con todas sus joyas colgadas, pendientes, collares... Le pegaba mucho.

—¿Cómo estás, mamá? —Lo preguntó tirándose en el sofá, y dio una palmadita a su lado—. Ven, cuéntamelo todo.

Y hablamos, y Becka estaba entusiasmada con empezar Derecho en otoño. Todavía trabajaba de asistente social para la ciudad, desde casa, y me explicó lo que esperaba hacer cuando se graduara, meterse en política, y yo la escuché con atención, y me pareció maravillosa.

Después le pregunté por su hermana.

—Está flaquísima otra vez —dije.

A Becka se le cambió la cara, apartó la mirada y dijo con un profundo suspiro:

—Mamá, Chrissy está pasando una mala racha. No me dejan decir nada más.

—¿Cómo que una mala racha?

—Mamá. —Becka me miró con sus grandes ojos castaños—. Se supone que no debo contártelo, así que no te lo voy a contar.

Después de eso me costó trabajo disfrutar, pero Becka preparó la cena y no paró de hablar. Era tan ella misma... Me hizo feliz.

—Tú duermes en mi cama, y yo en el sofá —propuso. Sacó un edredón de un armario y lo ajustó al sofá.

—Parece comodísimo, la verdad.

—Mamá, ¿quieres dormir ahí? Duerme donde quieras. En serio.

Así que me acosté en el sofá, y me sorprendió poder dormir, pero fue gracias a Becka. Conseguía que el mundo pareciera un sitio cómodo. Por la mañana dijo:

—Entonces, dentro de cuatro días iré a Nueva York y volveremos a vernos, y después, cuando llegue papá, iré a verlo.

Nos abrazamos y volvimos a abrazarnos hasta que Chrissy se sentó al volante de su coche.

2

Cuando entré en la casa de Chrissy y Michael, me sorprendió descubrir que reaccionaba igual que siempre ante las casas ajenas. Quiero decir que no me gustó. Ya había estado un par de veces, cuando vivían allí los padres de Michael, y también había estado David conmigo, una vez, cuando Chrissy y Michael se prometieron. Pero al entrar por la puerta lateral en aquel momento, observando las delgadas piernas de mi hija, que iba delante de mí, sentí un gran desánimo.

La casa parecía terriblemente adulta. Las cortinas de las ventanas eran beis, con franjas doradas entretejidas. El sol entraba por la ventana de la cocina y arrancaba destellos de la nevera y los fogones, que parecían de aluminio. La mesa era de madera oscura, y pensé: no es muy diferente a la casa de Catherine, la abuela de Chrissy. La primera vez que vi la casa de Catherine, yo era prácticamente una niña y me impresionó lo bonita que era. Pero esta no me impresionó; me deprimió.

Michael entró en la cocina y dijo:

—Hola, Lucy. Me alegro de verte. —Y nos dimos un abrazo. Noté la presión de sus músculos en la espalda; me abrazaba de verdad.

Michael preparó la cena mientras Chrissy y yo hablábamos sentadas a la mesa. Habló sobre todo de su trabajo para la Unión Estadounidense por las Libertades Civiles, y pensé: no está hablando de nada real. Y creo que lo que quiero decir es que no hablaba de cómo se sentía, pero estuvo muy simpática, y cenamos sentados a su mesa oscura, y observé que Chrissy solo tomaba ensalada y tres vasos de vino tinto. Después me llevaron a la habitación que tenían libre en el piso de arriba, y nos dimos las buenas noches.

Unas horas más tarde oí que Chrissy se dirigía a Michael en un tono que jamás habría imaginado en mi hija. Decía: «¡No me lo puedo creer! ¡Ni siquiera has sido capaz de sacar la basura!». No sabía que yo la oía: había salido de mi habitación para ir al cuarto de baño a por un vaso de agua para tomarme un somnífero y la oí desde la escalera, diciéndole eso a Michael en la cocina, con una voz terrible, increíblemente áspera. Michael solo murmuró algo, y después oí el portazo de un armario y entré en el baño sin hacer ruido.

Y pensé: le ha perdido el respeto por completo.

Pero por la mañana me llevó a la estación y dijo, todo sonrisas:

—Bueno, ¡que lo pases bien en Nueva York! Nos vemos allí dentro de dos días.

Michael acababa de despedirse en la puerta, tranquilo, como solía estar. Yo le había dado un abrazo, pero él no me abrazó con tanta fuerza como cuando llegué.

El viaje en tren hasta Nueva York se me hizo interminable. No dejaba de pensar en Chrissy. Pensaba: esta chica tiene cuarenta años, y, como siga adelgazando, podría morirse. Y también pensé que algo iba mal en su matrimonio.

Era un día soleado, y a medida que el tren se aproximaba a Nueva York empezó a invadirme el entusiasmo, una emoción leve pero real, al mirar por la ventanilla y ver más y más edificios, y también gente, algunos sentados en las minúsculas terrazas de las casas que daban a las vías del tren. Todo aquello hizo que me sintiera casi feliz.

Pero, cuando entramos en la ciudad propiamente dicha, vi a lo lejos el edificio en el que yo había vivido. Y no sentí nada. Y así seguía cuando me apeé en Grand Central, que se me antojó inquietantemente vacía: solo éramos unos cuantos, y todas las tiendas estaban cerradas. Además, no había taxis, algo que ya había pensado. Así que di la vuelta a la estación, y al otro lado había un taxi que me llevó adonde iba a alojarme.

Un vacío se había instalado en mí.

3

El Airbnb estaba en el centro, en la primera planta de una casa adosada de piedra rojiza. Tenía cortinas de encaje. Yo había vivido en un edificio así, en Brooklyn, años antes, y había olvidado que desde dentro no se ve gran cosa, pero con las cortinas tenía la sensación de estar en un ataúd. Cuando me mudé a Manhattan, siempre viví en una planta alta, con vistas a algunas zonas de la ciudad, así que me sentí aún más rara al entrar en aquellas dos habitaciones, y cuando William me llamó no fui capaz de explicárselo. Pero le hablé de Chrissy, y contestó en voz muy baja: «Ay, por Dios, Lucy».

Había una pequeña ducha circular con cortina alrededor, y mientras me duchaba me dio por pensar que a lo mejor se caía: así de desorientada me sentía.

Pasé dos días paseando por la ciudad. No le había dicho a ninguno de mis amigos que iba a estar allí, pensando que iría a verlos para darles una sorpresa, pero me alegré de que no lo supiera nadie. No me veía capaz de prestarles la atención que se merecían. Observé que había muy pocos taxis circulando. Las tiendas de ropa que ocupan gran parte de Lexington Avenue estaban cerradas, algunas con una especie de papel blanco medio despegado por dentro de los escaparates.

Crucé Park Avenue con el semáforo en rojo: tan pocos coches había en la calle.

Me senté en Central Park a contemplar los arbustos florecidos y las hojas que ya habían empezado a brotar, y a ver pasar a la gente, mucha gente. Pero no sentía nada.

Volví a Grand Central el lunes a las nueve de la mañana, y desde la galería solo vi a un hombre que atravesaba la extensa superficie de la estación bajo el enorme techo abovedado y sus constelaciones.

Por la tarde fui a Bloomingdale's a buscar un perfume —siempre uso el mismo aroma—, subí a la primera planta, donde está el departamento de cosmética, y compré un frasco pequeño que podría llevarme en el avión —así íbamos a hacer el viaje de vuelta—, y me llamó la atención que la dependienta no intentara venderme nada más, algo bastante raro, porque normalmente te dirían: «¿Seguro que no quiere probar esta crema de noche que nos acaba de llegar?», o algo por el estilo. Esta dependienta envolvió el perfume a toda prisa y después dijo: «Ah, tome», tendiéndome una bolsa con esas pequeñas muestras de maquillaje que normalmente te regalan cuando gastas bastante dinero. A pesar de que el perfume no me había costado mucho, poco menos que me tiró la bolsa, yo le di las gracias y ella dijo: «Muy bien».

Y después no sabía cómo salir de aquel sitio. Me lie a dar vueltas por el enorme departamento de cosmética, primero por un lado, pensando: por aquí no es, y después en dirección contraria, pensando: por aquí tampoco, hasta que se me acercó un dependiente con mascarilla negra y me preguntó: «¿Qué deseaba?». Le contesté que quería salir de allí y me acompañó amablemente hasta la puerta.

Esa noche, sin poder dormir en el Airbnb, pensé en todas las personas, viejas y jóvenes, que habrían pasado la pandemia en una habitación como la que yo ocupaba ahora. Solas.

4

Había quedado con Chrissy en Central Park, en el estanque de los patos, y cuando llegué ya estaba allí. Me saludó con la mano; llevaba gafas de sol.

—Hola, cariño —dije, sentándome a su lado en el banco.

—Hola, mamá —contestó—. Espera un momentito.
—Envió un mensaje por teléfono y después me miró y añadió—: Bueno, ¿cómo encuentras Nueva York?

—Pues raro.

—Ah, ¿sí? ¿Y eso?

A mi hija le pasaba algo, algo realmente malo.

Una mujer de unos cincuenta años caminaba rápidamente dando vueltas al estanque. La oí hablar en italiano por el móvil. No paraba de dar vueltas, vestida con unos pantalones de deporte verde oscuro y una chaqueta del mismo color. Llevaba una mascarilla naranja brillante, por debajo de la barbilla.

Chrissy miraba continuamente el teléfono. En un momento dado dijo:

—Perdona, mamá, pero tengo que contestar. —Escribió algo frenéticamente y por fin guardó el teléfono. Pareció relajarse un poquito.

Y entonces tuve una visión: Chrissy tenía una aventura con alguien. O estaba a punto de empezarla.

Yo miraba al frente mientras ella hablaba de su trabajo: había un problema interno en la organización, pero su puesto estaba a salvo, y era curioso ver cómo los demás se peleaban entre sí. Algo así decía.

—No lo hagas, Chrissy —dije de repente.

Me volví a mirarla. Ella se quitó las gafas y me miró fijamente (tiene los ojos de color avellana), y me dio la impresión de que nunca la había mirado con tanta dureza, ni ella a mí.

—¿Que no haga qué? —replicó al fin.

—Liarte con alguien.

Y siguió mirándome, y me pareció ver por encima de la mascarilla que sus ojos se endurecían más. No apartaba la mirada. Y entonces empezó a quejarse de Michael.

—Mamá, no tienes ni idea de cómo es realmente. Nunca la has tenido. ¿Sabes cómo se gana la vida, mamá? Administrando el dinero de la gente. ¿Qué valor tiene eso?

—Mucho valor, para los que tienen dinero.

Chrissy se puso más furiosa.

—Claro. Pero hay millones y millones de personas en este mundo que no tienen dinero. Pregúntales a ellas qué valor tiene.

—Pero ya lo sabías cuando te casaste con él.

Chrissy abrió la boca y la cerró, y entonces caí en la cuenta de que, cuando una persona tiene una aventura, se demoniza al cónyuge. Siempre es así.

Pero, cuando al fin habló, por poco me muero. Chrissy dijo, con una voz que empezaba a temblarle:

—Mamá, no te puedes hacer idea de lo mucho que me jodió que me dijeras que papá y tú volvíais a estar juntos. ¡Me lo soltaste así, como si tal cosa, tan alegremente! No lo entiendes, ¿verdad, mamá? De repente nos dices después de todo este tiempo que, ah, por cierto, papá y tú habéis vuelto, como si todas esas gilipolleces que pasasteis juntos..., ¡que nos afectaron a nosotras, por si no lo sabías!, que toda esa mierda de repente no era para tanto, y... —Se encogió de hombros exageradamente, subiendo un poco los brazos, enfadada de verdad—. Y así de fácil: volvemos a estar juntos.

Guardamos silencio mucho tiempo.

—¿Has tenido otro aborto? —le pregunté luego.

—¿Quién te lo ha contado? ¿Ha sido Becka?

—Nadie me ha contado nada. Te lo estoy preguntando.

Chrissy volvió a ponerse las gafas de sol y estiró las delgadas piernas, cruzada de brazos.

—Sí. A mediados de enero.

—Ay, Chrissy. —Le puse una mano en la pierna, pero no respondió. Nos quedamos un rato así, sentadas al sol. Después añadí—: Chrissy, es una cuestión de pérdidas. Has perdido tres embarazos y estás enfadada. Es muy comprensible, pero no destroces tu matrimonio por eso. Por favor, Chrissy. Por favor, no lo hagas.

—Tú lo hiciste —dijo en voz baja—. Tú dijiste que tenías una aventura y así te cargaste el matrimonio con papá.

—Es verdad. Y ojalá no hubiéramos tenido ninguno una aventura.

Me miró sin quitarse las gafas. Estaba muy enfadada.

—Tuviste un marido que te adoraba, mamá. David te adoraba. ¡Te adoraba! ¿Y ahora me vienes con que ojalá no lo hubieras conocido? ¡Es de locos!

Moví la cabeza lentamente. No tenía nada que responder a ese reproche.

Finalmente pregunté:

—Ese hombre ¿está casado?

Y Chrissy contestó:

—Mamá, ¿en qué mundo vives? ¿Cómo sabes que es un hombre? Podría ser una mujer, o una persona de género no binario.

—¿Es que es una mujer?

Chrissy me miró enfadada.

—No, es un hombre. Lo que te pregunto es en qué mundo has vivido estos últimos años. Ya no se hacen ese tipo de suposiciones sin más.

—¿Y hay niños pequeños de por medio? —Y Chrissy no contestó—. ¡Ay, Chrissy, cuánto lo siento! Lo siento mucho, cariño.

Ella dejó pasar un momento.

—Mira, la verdad es que todavía no hemos hecho nada, pero ¿y qué? No hemos sido capaces de escaparnos, pero lo estamos intentando. Precisamente mañana vamos a vernos.

La miré.

—¿En serio, Chrissy? Me dan ganas de vomitar. De vomitar aquí mismo.

—Tú no eres el centro de todo, mamá —replicó.

Tras un largo silencio, añadí:

—Chrissy, deberías ver a un terapeuta. ¿Lo estás haciendo?

Negó con la cabeza.

Recordé, rápida e inesperadamente, el último sueño que había tenido con mi padre después de su muerte, cuando le dije: «No te preocupes, papá. Ahora yo puedo conducir la camioneta».

Porque es extraño, pero tuve la sensación de que mi cabeza estaba extraordinariamente despejada, después de tanto tiempo temiendo que no funcionara bien del todo.

Me volví para mirar a Chrissy a la cara.

—Escúchame bien. Escucha lo que voy a decirte. Y quítate esas gafas. Quiero verte la cara. —Se quitó las gafas, pero no me miró—. Yo no habría dejado a tu padre si él no hubiera tenido esos líos. Me conozco lo suficiente. Y no habría tenido ningún lío si él no hubiera tenido tantos. Eso, en primer lugar. En segundo lugar, sé que estas cosas son consecuencia de la pérdida. Porque cuando yo tuve aquella aventurilla asquerosa (sí, asquerosa) había perdido a mi madre, y después a mi padre. Y al año siguiente tú te fuiste a la universidad, y Becka estaba preparándose para irse. Y mi psiquiatra, mi psiquiatra me dijo: «Lucy, esto es por la pérdida». Y tú, Chrissy, has tenido pérdidas. Has perdido tres bebés, y ahora crees que has perdido a tu madre porque he vuelto con tu padre.

Entonces Chrissy me miró, me miró con interés.

—Y voy a decirte una cosa más. Cuando conocí a ese hombre, el hombre con el que tuve la aventura que me hizo comprender que no podía seguir viviendo con tu padre, estábamos en un congreso de escritores, y él me tiró los tejos y me hizo sentir especial. Eso fue lo que pasó. Pensándolo ahora, fue muy sencillo: me colmó de atenciones y me hizo sentir muy especial en un momento en que yo no me sentía precisamente especial.

—Tú nunca te sientes especial —replicó Chrissy, pero en voz baja y sin mala intención, o eso me pareció.

—Tienes razón, pero con todas esas pérdidas me sentía aún menos especial, y él me prestó mucha atención. El correo electrónico era algo nuevo en ese entonces, y él me enviaba uno cada día, suplicándome, y yo le escribía todos los días diciéndole que no. Y después ocurrió una cosa. Fui a cenar con una mujer que había conocido años antes. Era una de las mujeres más tristes que he visto en mi vida. Nunca había tenido novio, ni novia, y te aseguro que me lo habría contado si lo hubiera tenido. Era triste, Chrissy, estaba intrínsecamente herida, hasta lo más profundo. No había ido ni a una sola sesión de terapia, no tenía más que su trabajo de asesora fiscal, y la noche que fuimos a cenar pensé que a lo mejor era alcohólica. Se bebió al menos una botella de vino en la cena y un martini antes, y después... ¿Me estás escuchando?

Pero me di cuenta de que me prestaba atención. Me observaba con verdadero interés. Asintió.

—Y de postre pidió esos dónuts especiales con chocolate para mojar, y al verla mojando los dónuts en el chocolate tuve una sensación de..., supongo que de miedo, porque estaba delante de una soledad muy honda. Y pensé: pues sí, voy a tener una aventura. Y al volver a casa le escribí únicamente la palabra «Sí». Y él se puso contentísimo. Así empezó.

Chrissy volvió la cara para mirar el estanque y dio un profundo suspiro.

—Pero siempre he pensado que si no hubiera ido a cenar con esa mujer tan triste no hubiera cedido. Tú me preguntas por David. Y sí, David me adoraba, y yo a él. Pero ¿merecía la pena? No se puede juzgar una cosa así, Chrissy, fíjate en el daño que Trey le hizo a Becka...

—Lo que yo veo es que se libró de un matrimonio que no quería —me interrumpió Chrissy, mirándome otra vez.

Pensé en lo que decía.

—De acuerdo, pero ella se casó con Trey por despecho. Y tú no. Su matrimonio fue distinto al tuyo con Michael.

Cuando conociste a Michael por esos amigos comunes, simplemente encajasteis desde el principio, Chrissy, todo el mundo se dio cuenta. ¡Y cómo os reíais juntos! ¿Te acuerdas en vuestra boda, el tío aquel que hizo un brindis y dijo que se os oía riendo como locos en el vestíbulo de no sé qué sitio? —Esperé unos segundos, mirando el estanque de los patos, y después volví la cara hacia Chrissy—. ¿Le has contado algo a Michael?

Chrissy negó enérgicamente con la cabeza.

—Pero es evidente que no os va bien. Porque tú quieres estar con otra persona. O eso crees. Hazme caso, Chrissy. Es importante. No se lo cuentes a Michael. Toma una decisión sobre lo que vas a hacer, pero no hay necesidad de decirle que te atrae otra persona. Sospecho que ya lo sabe y se siente humillado y no sabe qué hacer, porque tú detestas todo lo que hace ahora. Si quieres romper tu matrimonio, rómpelo. Pero, si no es así, intenta ser más generosa con tu marido.

No bien había acabado de decir esto me di cuenta de que Chrissy no podía hacerlo. Así que añadí:

—Pero imagino que no puedes hacerlo, ser más generosa, porque no quieres seguir con él.

Chrissy, que había estado mirándome fijamente, apartó la mirada. La observé de perfil, y ya no parecía enfadada: lo que quiero decir es que tenía una expresión de vulnerabilidad.

Le puse una mano en el brazo. Poco después ella puso su mano en la mía, fugazmente, y cuando me miró tenía los ojos llenos de lágrimas, que empezaron a resbalarle por las mejillas. Las retiró con el dorso de la mano.

—Ay, cariño —dije—. Cariño mío.

Esperé a ver si seguía llorando, pero enseguida paró.

—Vale, de acuerdo —dijo, y se levantó.

Y entonces se puso a sollozar —¡qué manera de sollozar, pobre criatura!—, volvió a sentarse y la rodeé con mis brazos. Ella no me lo impidió, y nos quedamos así largo rato, Chrissy llorando a lágrima viva y yo abrazándola y dándole besos en la cabeza, que había escondido debajo de mi barbilla.

La mujer que hablaba en italiano volvió a pasar por delante de nosotras.

5

Esa noche no le hablé a William de la conversación, aunque me moría de ganas de contársela. Iba a pasar dos noches con Estelle y Bridget en Larchmont, acababa de llegar, y después volvería por primera vez a su casa. Le noté en la voz lo mucho que le preocupaban esas cosas y pensé: se lo contaré cuando vuelva.

Tumbada en la cama, con las cortinas de encaje al lado, únicamente podía pensar en Chrissy.
¡Ay, mi niña!
Que ya no era una niña...

Pensaba en las aventuras de William, y voy a contarles qué pasó cuando me enteré.
Aquello me dio una lección de humildad, una increíble lección de humildad. Me humilló. Porque yo no sabía que a mí pudiera ocurrirme una cosa así. Pensaba que solo les pasaba a otras mujeres. Recuerdo que en una fiesta a la que fui en aquella época oí a dos mujeres hablando de otra mujer cuyo marido había tenido una aventura. Y lo que recuerdo (¡cómo me dolió!) es que las dos dijeron: «¡Venga ya! ¿Cómo no iba a saberlo ella?».
Y después me ocurrió a mí.

Y, cuando descubrí que había estado viviendo una vida paralela, una vida deshonesta, me quedé destrozada. Pero muchas veces he pensado que me hizo mejor persona, de verdad. Puede ocurrir cuando realmente te humillan. Es algo que he aprendido en la vida. Puedes crecer o amargarte, eso es lo que pienso. Y, como consecuencia de ese dolor, yo crecí. Porque entonces comprendí que es posible que una mujer no lo sepa. Había ocurrido, y me había ocurrido a mí.

Porque, como yo nunca habría tenido una aventura, pensaba que William tampoco.

Había estado pensando como yo pienso.

Tumbada en la cama, con las cortinas de encaje en la ventana, recordé que se había convertido en una especie de chiste entre David y yo lo de pensar como uno mismo. Si David se preguntaba por qué el director de la Filarmónica había machacado al nuevo violinista una noche, por ejemplo, yo le decía: «David, estás pensando como tú». Y él asentía, riéndose. «Métete en su cabeza y a lo mejor lo entiendes». Y David protestaba e insistía en que no quería meterse en la cabeza de aquel hombre.

Todos pensamos en lo que nosotros haríamos, eso es lo que quiero decir.

Y al darme la vuelta en la cama recordé que Chrissy había dicho que David me adoraba. Tenía razón: me adoraba.

¿De verdad habría renunciado yo a eso?

A estas alturas ya no importaba: mi vida había seguido el curso que había seguido.

Y la de Chrissy también seguiría su curso, de una u otra manera.

Al día siguiente aún notaba la cabeza despejada. Me dije: no hay nada que puedas hacer. (Pero lo cierto es que tenía miedo por mi hija).

Al caminar por las calles de la ciudad, observé que si alguien se cruzaba conmigo decía «Perdone» o «Lo siento». Ocurrió varias veces. El dependiente del *delicatessen* que me preparó el sándwich para almorzar me deseó que pasara un buen día. «Pero un día bueno de verdad, ¿eh?».

En las puertas de muchos establecimientos que estaban abiertos se veían carteles con la leyenda ESTAMOS EN ESTO JUNTOS.

William llamó y me contó que Estelle y Bridget iban a volver pronto a Nueva York, que Estelle se había vacunado y que parecía irles bien a las dos, pero hablaba en un tono muy serio, así que esperé hasta que dijo:

—Te estoy llamando desde la calle, y mañana iré a mi piso. Me horroriza, Lucy.

Yo quería hablarle de Chrissy, pero no quería que pensara en eso mientras estuviera con Bridget, de modo que no le conté nada.

—¿Cómo está Bridget? —pregunté.

Y William contestó en tono más animado:

—Está bien. Ha sido estupendo poder verla.

Dijo que cuando llegara a Nueva York, en dos días, tendría que ir a su despacho y que esperaba ver a algunas personas y poner en orden el asunto de su jubilación, y comprendí que eso lo entristecía. Por esa razón no le conté que Chrissy, probablemente mientras nosotros hablábamos, estaba con un hombre con el que pensaba liarse. Solo le recordé que yo había quedado con Becka al día siguiente y que las dos volverían en unos días para verlo.

—Muy bien, Lucy.

No dijo «Te quiero» antes de colgar, como siempre hacía David. Pero William no era David. Eso ya lo sabía. Y no tenía por qué serlo. También eso lo sabía.

Cuando me preparaba para acostarme esa noche, recibí un mensaje de Chrissy. Decía: «Voy mañana a Nueva York con Becka para verte».
Le contesté: «Me alegro».

Y allí estaban, mis preciosas hijas, junto al estanque de los patos, mis dos niñas. Pero en realidad nunca fueron mías, pensé mientras me dirigía hacia ellas, no más que podía serlo Nueva York. Estos pensamientos me pasaron por la cabeza. Chrissy y Becka levantaron la mano y me saludaron mientras yo bajaba por la pequeña cuesta. El sol volvía a brillar, aunque empezaban a formarse nubes. Ninguna de las chicas llevaba gafas oscuras, y yo me guardé las mías en un bolsillo del abrigo. Después de abrazar a las dos, se separaron para que yo me sentara entre ellas. Chrissy llevaba un vaso grande de cartón con tapa, supuse que de café. Dio un sorbito. Me pareció cansada.
Esperé.
—Bueno, ya lo sabes. Y, por cierto, Becka lo sabe todo. —Chrissy se irguió en el asiento y me miró—. Ayer fui a verlo.
—¿Y bien? —pregunté pasados unos segundos.
—Pues, mamá, que cometió un tremendo error conmigo. —Se pasó los dedos por el pelo—. Cuando le dije que no estaba segura de si quería seguir adelante con la historia, se puso furioso. ¡Muy muy enfadado, mamá! Furioso de verdad. Me dio... Francamente, me dio miedo y pensé: ¡ni hablar!
Me miró, con la boca entreabierta y los ojos muy abiertos.
—¿Y ya está? —pregunté.

—Por Dios, sí, ya está.

Se reclinó.

Volví la cabeza para mirar a Becka, que a su vez me miró levantando las cejas.

—Despés me fui a casa —continuó Chrissy—. Michael y yo tuvimos una larga conversación, y le dije que había sido una gilipollas por lo de los embarazos y que lo sentía de verdad, y él reaccionó bastante bien. Con sus dudas, pero bien. —Se le llenaron los ojos de lágrimas, y noté que Becka me apretaba ligeramente la rodilla.

Comprendí que no tenía ni idea de lo que podía ocurrir con el matrimonio de Chrissy.

—Es porque soy mayor, mamá, y al médico le da igual. No le importa. Y se supone que es especialista.

—Pues te buscaremos otro médico. En Nueva York hay montones de médicos.

—Supongo que me inflarán a progesterona o algo así, que aumenta las posibilidades de tener cáncer más adelante. Lo he mirado en internet.

—En internet —repetí—. Sacas la información médica de internet. A lo mejor es verdad. O no. Pero vamos a llevarte a otro médico. Tu padre tiene que conocer a alguno, conoce a muchos científicos. Vamos, Chrissy, por lo que más quieras, que esto no se ha acabado.

—No sé...

—Bueno, ya lo averiguaremos.

Chrissy me rozó la mano fugazmente, y, cuando iba a retirarla, yo se la cogí y ella me dejó. Nos quedamos al sol cogidas de la mano.

Al cabo de un rato, Becka me preguntó:

—Oye, mamá, entonces ¿vas a pasar el resto de tu vida en ese acantilado de Maine?

—Sí, ya sé —contesté, volviendo la cara para mirarla—. Sé muy bien lo que quieres decir. Yo me hago la misma pregunta.

—La casa es mona. O sea, podría ser peor.

—Por Dios, podría ser infinitamente peor. A tu padre le encanta vivir allí por su nueva familia y lo de los parásitos y las patatas...

—Ya, ya —interrumpió Chrissy—. Últimamente no habla de otra cosa cuando me llama.

Pensé: madre mía, William. Pero añadí:

—Vuestro padre es feliz allí, y yo tengo varios amigos. Bob Burgess, por ejemplo, que creo que es uno de los mejores amigos que he tenido en mi vida.

Lo describí brevemente, su corpulencia y su dulzura, los vaqueros holgados.

Chrissy me miró y preguntó medio en broma, sonriendo:

—Mamá, ¿vas a enrollarte con él?

—No —contesté seria—. Está casado con una pastora de la iglesia, una buena persona, y yo creo que él le tiene un poco de miedo...

—¿Por qué? —interrumpió Becka.

—Bueno, se fuma algún cigarrillo cuando ella no está delante.

Chrissy se echó a reír. Y Becka añadió:

—Un momento... ¿Cuántos años tiene?

—De mi edad, diría yo.

—¿Y tiene que fumar a espaldas de su mujer?

—Pues sí.

—Es de locos, mamá.

—Bueno, todos tomamos nuestras decisiones. —Pero nada más decirlo me pregunté si era verdad, si realmente tomamos decisiones, y me acordé de lo que había visto una noche en el ordenador sobre que no existe el libre albedrío y que todo está predeterminado. Añadí—: Supongo que cada cual toma sus propias decisiones, pero en realidad no lo sé.

Chrissy se volvió hacia mí.

—¿Qué quieres decir? Mamá, el otro día estabas aquí mismo convenciéndome de que no tomara una decisión que probablemente habría tomado, y ahora vienes con que en realidad no sabes si tomamos nuestras propias decisiones...

—No lo sé —insistí—. No sé si lo creo o no. —Hice una pausa—. En realidad no sé nada. Salvo lo mucho que os quiero a Becka y a ti. Eso sí lo sé.

—Tú sabes mucho, mamá —replicó Chrissy en voz baja.

Becka volvió a intervenir.

—Nosotras hemos pensado... En fin, lo diré sin más. Nos preguntamos si papá no te habrá manipulado para ir a Maine a pasar la pandemia con el fin de que vuelvas con él y no tenga que estar solo nunca más.

—¿En serio? —Me sorprendió de verdad, y de pronto recordé que Lauren, la terapeuta de Becka, le había dicho hace años que William me había manipulado, aunque yo nunca lo había entendido—. Me llevó a Maine para salvarme la vida —repliqué—, y a vosotras os sacó de Nueva York con la esperanza de salvárosla también.

—No, si sabemos que nos quiere —dijo Becka—. Y nosotras lo queremos a él. Pero ¿por qué te llevó a Maine y no a otro sitio? Probablemente por Lois Bubar, y le salió bien la jugada.

Me recorrió un leve estremecimiento de alarma, porque yo había pensado lo mismo la primera vez que William vio a Lois.

—Ya sabes lo que dicen, que las mujeres sufren y los hombres reemplazan. —Luego, Becka añadió pensativa—: No estoy muy segura de que se pueda confiar en papá plenamente.

—¿En qué sentido, exactamente...? —empecé a preguntar.

Pero de repente Chrissy soltó:
—Tengo hambre.
¡Eso dijo!

Me levanté.

—Vamos a buscar un sitio para comer.

Salimos del parque, el sol volvía a brillar, y en Madison Avenue encontramos un local con mesas fuera. Nos sentamos al sol. Chrissy miró la carta y le dijo al camarero:

—Para mí, un sándwich de ensalada de pollo.

—Para mí también —dije.

—Vale, yo lo mismo —concluyó Becka encogiéndose de hombros.

Estuvimos hablando un rato, y de repente Chrissy anunció:

—Con el café me han entrado ganas de hacer pis. —Y entró en el bar con la mascarilla puesta.

Mientras estaba dentro, Becka me dijo:

—Mamá, el tío tiene espinillas en la nariz.

—¿Quién? —pregunté, mirando a mi alrededor.

—El de Chrissy... Ese con el que estaba pensando enrollarse. Cuando lo vio ayer, tenía espinillas en la nariz. Me lo ha dicho. Y encima se cabreó muchísimo con ella.

Miré a Becka, que me miró a su vez, sacudiendo la cabeza.

—Chrissy dice que no le había visto las espinillas por Zoom. Pero no fue por eso por lo que no se enrollaron. Bueno, las espinillas tampoco ayudaron. Fue porque Chrissy se asustó de lo mucho que se enfadó con ella.

—Gracias a Dios.

—¿A que sí?

Chrissy volvió, y nos trajeron los sándwiches. La observé mientras se comía el suyo, lentamente pero sin parar. Cuando dio cuenta de la primera mitad, miró el plato y dijo:

—Bueno, ya puestos... —Y cogió la otra mitad.

¡Qué alivio sentí!

Abrí la boca, a punto de decir: «Veréis, niñas, vuestro padre tuvo cáncer». Pero me callé, pensando que si él no se lo había contado, yo tampoco lo haría. Y justo entonces Becka dijo pensativamente:

—Parece que papá siempre necesita tener secretos.

Me sorprendió, y tras un instante pregunté:

—¿Qué secretos?

Becka se encogió de hombros.

—Bueno, yo no sé nada en concreto. Es solo que me preocupa un poco que hayas vuelto con él.

Reflexioné un momento.

—No sé si le queda algún secreto, pero ¿sabéis una cosa? Que ya no importa. Ya no somos jóvenes, ni él ni yo, y no volveremos a serlo. Y nos llevamos bien.

—¿Solo bien? —preguntó Chrissy.

—Bueno, mejor que bien. Ahora sé quién es, es decir, en la medida en que se le puede conocer.

Las chicas asintieron.

—Entonces, bien —dijo Becka.

—Claro, mamá. Con tal de que seas feliz... —añadió Chrissy.

Seguimos un buen rato allí sentadas a nuestra mesa en la acera, hablando —el sol nos alumbraba como si fuera a brillar eternamente—, hasta que las chicas se marcharon para coger el tren de vuelta a New Haven: iban a volver dentro de unos días para ver a su padre. Nos abrazamos en la calle.

—Adiós, mamá —dijeron cuando el Uber se paró en el bordillo, y entraron en el coche.

Me quedé allí unos minutos, viendo cómo se alejaban. Pensé en lo diferentes que habían llegado a ser, ellas y sus vidas, de lo que yo esperaba. Y también pensé: es su vida, pueden hacer lo quieran, o lo que necesiten hacer.

Y entonces recordé que un día, estando embarazada de Chrissy, me miré la gran barriga, puse la mano encima y pensé: quienquiera que seas, no me perteneces. Mi tarea consiste en ayudarte a entrar en el mundo, pero no me perteneces.

Y, al recordarlo ahora, pensé: cuánta razón tenías, Lucy.

6

Cuando volví a mi alojamiento, llamó William, triste por su laboratorio y su casa, y dijo:
—Lucy, ¿puedo ir a pasar la noche contigo? No quiero quedarme en esta casa esta noche.
—¡Claro que sí! ¡Tengo montones de cosas que contarte!

Me dio por pensar en que, al principio de conocer a William, quedábamos para salir. ¡Me llevaba a restaurantes de verdad! Yo nunca había estado en un auténtico restaurante. Y me invitaba: sacaba el dinero y pagaba con toda naturalidad. Y después íbamos al cine. Hacíamos eso una vez a la semana. ¡El cine! Yo no había visto películas en una sala de cine hasta que fui a la universidad, y nosotros íbamos todos los viernes por la noche, a cenar y al cine, y William me tiraba una palomita a la cara cuando empezaba la película.
Lo que quiero decir es que este hombre me introdujo en el mundo. En la medida en que a mí se me podía introducir en el mundo, William lo hizo.

Y, sin embargo, no podía quitarme de la cabeza las palabras de Becka, que no se podía confiar en su padre. Empecé a cuestionarme lo que había hecho, acceder a vivir en Maine, con una nueva familia que le preocupaba mucho, y renunciar a mi casa de Nueva York.

Y entonces recordé algo: cuando vivía con William y las niñas en Brooklyn, nuestro dormitorio, en el segundo piso, daba a un pequeño porche, y una mañana William descubrió que una ardilla había construido un gran nido en un lado. Me lo contó y decidió, creo que lo decidimos los dos, que había que deshacerse del nido. Estaba demasiado cerca de la casa. Así que William cogió una escoba y lo destruyó.

Y esto es lo que recuerdo: que durante todo un día y toda una noche, hasta el día siguiente, la ardilla emitió el sonido del llanto. La ardilla lloró a todo llorar. Porque se habían llevado su hogar.

Miré las cortinas de encaje de las ventanas y pensé: ¡no sé en quién confiar, mamá! Y mi madre, la madre buena que me he inventado en el transcurso de los años, me dijo inmediatamente: «Confía en ti misma, Lucy».

Salí a la calle y me senté en las escaleras de entrada del edificio. Me puse a pensar en mis hijas y en William, y en David —tan ausente—, y en que algún día todos desapareceríamos. No es que me entristeciera pensarlo, sino que comprendía que era cierto.

Y entonces se me ocurrió lo siguiente:

Todos estamos confinados, continuamente, solo que no lo sabemos.

Pero hacemos lo que podemos. La mayoría simplemente intentamos sobrevivir.

Pasó un hombre con el entrecejo ligeramente fruncido por encima de la mascarilla, sumido en sus cavilaciones. En las jardineras de las ventanas de enfrente se mezclaban el verdor y el amarillo vivo de las flores. Por la calle circulaban algunos coches.

Aparcó un coche gris, del que salió William. Llevaba su maletita marrón de ruedas. Me levanté y le tendí los brazos.

—Ay, William —dije.

Allí nos quedamos abrazados, dos viejos en una calle de Nueva York, adonde habíamos llegado juntos hacía tantísimos años.

—Más fuerte, más fuerte —le pedí.

Y William se separó un momento y dijo:

—Si te abrazo más fuerte, nos vamos a dar la espalda.

—Y volvió a estrecharme entre sus brazos. Después añadió en voz baja—: Te quiero, Lucy Barton, si te sirve de algo.

Un presentimiento me recorrió el cuerpo como un leve escalofrío, un presentimiento sobre mí y sobre el mundo entero. Y seguí allí, aferrada a aquel hombre como si fuera la última persona que quedara en este hermoso y triste lugar que llamamos Tierra.

Agradecimientos

Quisiera agradecer a las siguientes personas la ayuda que me han prestado en la realización de este libro: siempre y en primer lugar, Kathy Chamberlain, mi primera lectora, así como Andy Ward, redactor de mi editorial; Gina Centrello, mi editora; todo mi equipo de Random House; Molly Friedrich y Lucy Carson, Carol Lenna, Trish Riley, Pat Ryan, Beverly Gologorsky, Jeannie Crocker, Ellen Crosby, mi hija Zarina Shea y el maravilloso Benjamin Dreyer.

Este libro se terminó
de imprimir en
Sabadell, Barcelona,
en el mes de
marzo de 2023